新潮文庫

硝子の葦

桜木紫乃著

新潮社版

9906

硝子の葦

序章

盆が明けた。厚岸《あっけし》の町に秋風が吹き始めていた。

男が腰を下ろしたのは、幅の狭いカウンターに丸椅子《いす》が五席という一杯飲み屋だった。客のほとんどがつき出しの煮付けと、その日港に入った魚に銚子《ちょうし》数本で満足して帰る。小路の入り口アーチには『すずらん銀座』と書かれていた。もともとは白かったはずの鉄板も、錆《さび》で縁取られている。

幅五メートルほどの狭い通路の両側に、十軒ずつスナックの看板が並んでいた。営業しているのは通りの両端にある二軒だけだ。好漁だった時代の町には、こんな通りがいくつもあった。

恰幅《かっぷく》のいい女将《ママ》が節くれ立って皺《しわ》だらけの手を伸ばし、茹《ゆ》でたジャガ芋の皿を差し出した。男は短く礼を言って受け取った。

「とうとう『珠希』も店を閉めちゃった。下手くそなカラオケが聞こえなくなったなあと思ったら、ばったり町立病院で会ってね。毎日客も来ない店でひとりで歌ってるうちに血圧上がっちゃったらしいのさ。上が二〇〇だって、怖いよねぇ」

男は女将の話題がお盆前とまったく同じであることに気付いているが、黙ってジャガ芋を口に運んだ。午後八時になっても『すずらん銀座』の灯りは、通りを挟んだ反対側の端にある『みどり』のほかに増える気配はなかった。

「仕方ないよねぇ、都築《つづき》さんが若くて厚岸が賑《にぎ》やかだった頃はこの辺のママたちも三十代だったし。魚も今より揚がってたし」

男は、お盆のあいだは少し良かったんじゃないの、と水を向けた。女将は「だったらいいんだけど」と首を振った。テレビもラジオもないのがこの『たけなか』のいいところだった。二十五年前の厚岸にあった賑わいは町のどこを探しても見つけられない。女将が、地元を離れた若者もお盆の帰省をしなくなったと嘆いた。

二度目の赴任で再び通い始めることになった『たけなか』で、老いた女将と酒を注ぎあいながらする昔話も悪くなかった。街も人も、成長したぶんだけ老いる。

あれ、と女将が男の背後に視線を移した。つられて男も入り口を見た。ガラス戸の外で二つ折りにした新聞大の置き看板が点滅していた。

「うちの看板も疲れが出てきたみたい。貧乏臭いったらないね。私と一緒だ」

女将は店の戸を開け、忌々《いまいま》しげに看板のコンセントを外した。外から入ってきた潮風が、脂《あぶら》がのった大黒秋刀魚《さんま》の塩振り焼きにひと味添えた。

銚子の酒を飲み干して、男は女将を振り返った。看板の足下にコードをくくり終えた彼女が、暖簾《のれん》を持ち上げたまま『すずらん銀座』の小路を見ていた。

「帰ってきたんだべか」

女将は知り合いが戻ったようだ、と言った。

「ちょっと様子を見てくる」

客が来たらどうすればいい、と男が訊《き》いた。彼女は「悪いけど相手しててちょうだい」と言って笑った。

女将が店を留守にしていたのは、ほんの七、八分だった。男が心配するまでもなく、客は来なかった。やれやれと言いながら店に戻ってきた彼女は、カウンターの中に入るとすぐに銚子を温め始めた。

「ここの横町で生まれた子が、もう三十になるんだねぇ。母親の愛人を寝取って、いつの間にか社長夫人におさまっちゃっててさ。社長って言ったってただのラブホテルらしいんだけどね。今ちらっと見てきたけど、男連れだったよ。ありゃあ普通の関係じゃあないね。若い男だった。血は争えないって昔から言うし、仕方ないか」

入り口のガラス戸が地鳴りのような振動に震えたのは、それから十五分ほど経《た》った頃だった。男は咄嗟《とっさ》に中身が半分になった銚子を持ち上げた。女将が棚に並んだ焼《しょう》酎《ちゅう》のボトルを両手で押さえながら「地震だ」と叫んだ。

男は席から立ち上がり店の外に出た。女将も男のあとに続いた。

『すずらん銀座』の中ほどにあるスナックから、鮮やかなオレンジ色の火柱があがっていた。炎は星を焦《こ》がさんばかりに黒い煙を上げている。『バビアナ』と書かれた看板が熱と煙でかたちを失い始めていた。

消防車、と叫んだ女将が走って店に引き返した。男は炎の勢いと煙のすさまじさに後ずさりした。

『バビアナ』のドアから、黒煙が噴き出している。小路の向こう側から『みどり』の店主が走ってくる。男は『たけなか』を振り返った。小路のアーチの下に人影が現れた。

アーチ下の人影は左右に揺れたあと、真《ま》っ直《す》ぐこちらに近づいてきた。人影は歩調を緩める様子がなかった。男は思わず炎に近づいてゆく者の腕を摑《つか》んだ。

「中に、人がいるんだ」

声を裏返し叫んでいる男を、羽交い締めにする。

「中に、誰がいるんですか。あなたはこの店の関係者ですか。私は厚岸署の都築と言います」

呆然《ぼうぜん》とする男の腕を摑んだまま胸ポケットから警察手帳を取り出した。手帳を見せられた男は瞳《ひとみ》に炎を映し、何度も「人がいる」と訴えた。瞬《また》く間に両隣の二店舗が火に包まれる。消防車が到着する頃には既に、両側へ広がった炎は容赦なく小路の店舗を吞《の》み込んでいた。

「失礼ですが、あなたのお名前とお仕事、住所をお聞かせ願えますか」

都築は彼を観察しながら、途切れがちに返ってくる質問の答えをメモした。

『澤木《さわき》昌弘《まさひろ》　四十歳　税理士　釧路《くしろ》市にて会計事務所を経営』

建物の中にいるという人物が誰かを訊《たず》ねた。都築はじっと澤木の唇が動くのを待った。野次馬は『すずらん銀座』に到着した消防隊員によって小路から追い出されており、都築と澤木もまたアーチのすぐそばにある『たけなか』まで後退していた。煙のせいで、さきほどまで夜空で輝いていた星々も見えなくなった。

早朝からの現場検証で発見された性別不明の遺体は、その日の午後、行方不明になっていた「幸田《こうだ》節子《せつこ》三十歳」であると発表された。証言したのは昨夜最後まで彼女と行動を共にしていた澤木昌弘だった。

現場検証により、火元は『バビアナ』の奥にある住宅の居間部分と特定された。遺体の状況から、自らガソリンをかぶって火を点けたと思われた。発見されたとき既に遺体は黒い骨となっており、爆風や崩れ落ちた建物のせいですべてを拾いきることができなかった。確認のためにやってきた澤木昌弘は、かき集められたものを見てもまだ何が起こったのか分からない様子だった。

都築が彼女との内縁関係について訊ねると、澤木は顔を上げ睨《にら》むような眼差《まなざ》しで言った。

「彼女が置かれていた状況を理解していましたから、これから先は僕が支えるつもりでした」

「小路を出たところで、忘れものをしたので待っていてくれと言われたんですね」

「一方通行なので、ブロックを左折で回り込んで店の前に戻ると言ったんです。でも彼女は自分が走った方が早いと言って」

「こうした選択をほのめかすような言動に、お気づきじゃなかったですか」

「突然、ご主人の会社を従業員に譲渡したいと言い出して、そのあとに厚岸へドライブに誘われたんです」

厚岸に誘われた理由に心当たりはないかと訊ねた。

「ここが自分の生まれた家だと言って古いアルバムを見せてくれました」

澤木昌弘のひとことは、幸田節子の覚悟を推し量る大きな要因となった。

「あなたは、自分の命があることを感謝しなくちゃ」

澤木の肩が震えた。都築は幸田節子がこの男を巻き添えにするつもりで厚岸にやってきたという推測が大きく外れていない確信を得て、『バビアナ』の火災に関する事情聴取を終えた。

*

幸田喜一郎《きいちろう》が死んだ。

道東が例年にない大雪に見舞われた十二月二十日の夜明け前、ベッド脇《わき》に置いていた澤木の携帯電話に連絡が入った。夜半から降り続く雪が寝室の窓にあたってはかさかさと乾いた音をたてていた。

八月二日の事故から昏睡《こんすい》状態が続いていた幸田喜一郎の、直接の死因は肺炎だった。

澤木は、友人である愛場医師の言葉に頷《うなず》きながら、長い夏を思い出していた。

「午前五時すぎだった」

「世話になったな」

愛場は病院で待っていると告げ、電話を切った。

釧路湿原に降る雪に看取《みと》られ、幸田喜一郎が死んだ。澤木はベッドから出てストーブの日盛りを微小から大まで引き上げた。炎がストーブの芯《しん》から勢いよく吹きだし、反射板を朱色に染めた。

宇都木《うつぎ》とし子に電話をかける。『ホテルローヤル』のチェックアウト時刻までにはまだ少しある。八時前後から立て続けにあるという会計業務を前に、仮眠を取っているだろうか。たとえそうでも、彼女は真っ先に連絡しなくてはいけない相手だった。

四か月前は管理人だったとし子を、代表取締役にするのに三か月かかった。営業の権利譲渡手続きやリース会社の支払い減額の話し合いより、とし子の説得に時間をとられた。結局彼女の首を振らせたのは、宇都木にホテルを引き継いでもらうのが幸田節子の願いであるという澤木のひとことだった。

四か月前、これ以上焼く必要がどこにあるのかと思いながら、遺体を火葬場へ運んだ。

「こんなものを拾わされるために頑張ってたわけじゃないんですよ、私は」

とし子の言葉が耳を離れない。火葬場の係が申し訳なさそうに「このお骨は通常の半分しかありません」と言った。遺骨は油や不純物が浸《し》みて黒や灰色、くすんだ緑の斑《まだら》模様になっていた。

早朝の電話で仮眠中の宇都木とし子を起こしてしまった。彼女は澤木が口を開くより先に「社長のことですね」と言った。

「僕はこれから病院に行きます。葬儀の相談もしたいので、宇都木さんも来てくださいますか」

「澤木先生」とし子は一度言葉を切った。

「冷たい話ですけど、ホテル屋の葬式には誰も来ないです。この業界はそういうもんです。ラブホテルを始めるときってのは軽蔑《けいべつ》や嫉妬《しっと》やいろんな感情があいだに入って、人と人に垣根ができる。節子さんが死んで、社長にはなんにもなくなりました。ホテル屋に友達や仲間なんかいません。施工《せこう》業者だって内装業者だって、社長の女房なら先を急いで来るんですよ。でも本人が死んだらもう義理立てする理由なんかひとつもない。同業者も、商売を休んでまで葬式になど来ません」

やってくるのは長く音信不通になっていた古い知人か、腹の中で喜一郎を小馬鹿《こばか》にしていた者ばかりのはずだ、と彼女は言った。あなたはそんな人間に死に顔を見られたいかと問われ、返す言葉が見つからなかった。

「とりあえずこの世での帳尻《ちょうじり》を合わせたい人間は、何人かいると思いますけど」

「それじゃあ真っ直ぐ火葬場ってことですか」

宇都木とし子は強く「はい」と応《こた》えた。親類縁者のない幸田喜一郎は、自分が起こした商売に葬《ほうむ》られるのだと彼女は言った。彼女の夫も同じだったと聞いて、澤木も納得した。棺《ひつぎ》の手配と火葬場の確認を専門の業者に任せたあとは、係の誘導に従うことにした。

十二月二十一日午前十時、幸田喜一郎が入った窯《かま》は、四か月前に妻の節子が入ったものと同じだった。澤木はとし子の箸《はし》から自分の箸へと喜一郎の肋骨《ろっこつ》の欠片《かけら》を受け取った。見ると頭骨の真ん中に、小さな金具が転がっている。事故で複雑骨折した鼻や頬を繋《つな》いでいたものだ。澤木はそれも一緒に骨壺《こつつぼ》へ納めた。

火葬場から出ると、雪のせいで景色が明るかった。枯れ葦《あし》が湿原と沿道を墨絵のように見せている。雪雲はまだ上空に留まっていた。予報では明日の朝まで降ったり止《や》んだりという状態が続くという。

骨壺を胸に抱いた宇都木とし子を『ホテルローヤル』に送り届けた。とし子は澤木の車が角を曲がるまで雪の中に佇《たたず》んでいた。

留守にしているあいだに、事務所前の駐車場にも十センチほど雪が積もっていた。還暦を迎えた事務員、木田聡子《きださとこ》が内側から入り口を指差して澤木に除雪を頼んでいる。澤木は車三台分ある駐車場の雪を簡単に掻《か》いた。ダウンジャケットの雪を払いながら玄関に入ると、木田はさっと彼の胸元に塩をふりかけたあと、愛想良く熱いお茶を運んできた。

ちょうど昼休みの時間帯だ。澤木が湯飲みを受け取りながら、年末の餅代《もちだい》は去年と同じ十万でいいかと訊ねた。木田は遠慮めいた眼差しで「いつもどうも」と言ったあと、差し出した左手をパッと広げ「もうひと声」という仕草をして見せた。彼女の仕草に、澤木は思わず吹き出した。

年末の仕事も大詰めに入っていた。今年中に経営再生計画を考えなければならない会社が二社ある。呑気《のんき》に昼飯を食べていられる状況でもなかった。

一度好景気を味わった事業主ほど苦境を口にする。澤木が収入に見あう事業の縮小を提案しても、首を縦には振らない経営者がほとんどだ。とにかく数字で示すしか手はない。パソコンを立ち上げ、生活感のない数字を並べてみる。

『ローヤル』は売り上げ自体は落ちているが、返済と経費と人件費のバランスは悪くなかった。宇都木とし子はホテル経営を「立地条件がすべて」と言い切る。澤木はひとつ大きなため息をつき、数字を睨んだ。

弁当を広げている木田に遠慮しながらデータの整理をしていると、事務所の電話が鳴った。木田が箸を持つ手を止めて、二度目のコールで受話器を取った。メモを取りながら相手を確認すると、それが彼女の癖なのだが、保留にした受話器の口を塞《ふさ》ぎ小声で「今繋いでもいいですか」と訊ねる。

「どこから」

「厚岸署の都築さんとおっしゃる方です」

「繋いで」

四か月前『バビアナ』の火災で事情聴取をされた私服警官の顔が浮かんだ。がっしりとした体軀《たいく》の、柔道家という印象だった。保留を切ると、都築の低い声が耳に滑り込んできた。

「その節はどうも。お忙しい年末に突然電話などしてすみません。今年も残り十日となると、そちらもかなりお忙しいんでしょうね」

「お互いさまです。警察も似たようなもんでしょう」

都築は「まったくです」と言い、再度電話したことを詫《わ》びたあと、八月の火災の件でひとつ気になることが出てきたと言った。

「今頃になって気になることですか。正直僕はずっと気になっていますよ。でも、日々の生活に追われて疑問も後悔もほとんど言葉にならない、何もかも腑《ふ》に落ちないことだらけで、前向きに考えるなんてことができた日はありません」

怒りを含んだ口調がただの八つ当たりと分かっていても、止まらなかった。沈黙を挟み、受話器の向こうで都築がひと呼吸ついた。

「電話では何ですし、これからそちらに伺ってよろしいでしょうかね」

澤木は応えなかった。都築は「駄目だと言われてもお伺いしたいんですが」と続けた。

「どういうご用件なのか、教えてください。そのくらい言ってくれてもいいでしょう。こっちはついさっき、幸田節子の夫の骨を拾ってきたばかりなんです」

「それはお気の毒なことで」

何の感情も感じ取れない。喜一郎が死んだことは訪ねてくる用件に入っていないらしい。

「ほんの少し、お会いする時間をいただきたいんですよ。八月の火災について、どうしても澤木さんに訊ねたいことが出てきたんです」

「電話では済まない話なんですか」

都築が「ええ」と返してきた。幸田喜一郎の死によって、この夏の出来事はすべて片が付いたはずだった。今頃警察が何を調べ始めたとしても、あらたな真実などどこからも出てこない。食い下がる都築に言った。

「警察が知りたいことは、死んだ人間がみんなあの世に持って行ったはずですよ」

「反論はしませんよ。ただ、私たちは生きてる人間から真実をあぶり出すっていう仕事をしてるんです。はやりの、『3D《スリーディー》』ってやつですよ。ずれた映像を重ねる眼鏡が必ずあると信じてます。眼鏡を持っていそうな人間は徹底的にマークする。一見何の関係もなさそうな人間が浮かんできたら、案外そこが台風の目だったりもするわけですよ」

「事件を作るのが得意な刑事さんもいらっしゃるんでしょうね」

「事件は作るんじゃなく、在るんです。在るからこそ誰かが気付く」

「幸田節子の死に、そんなに事件性があるんですか。四か月前に言われたこと、覚えてますよ。あなたは僕に、自分の命があることを感謝しなくちゃと言ったんですよ」

「覚えてます。本当にそう思いましたから」

「じゃあ、なぜ今頃僕なんかに用が出てくるんですか」

「あなたが、幸田節子に最も近い人間だからです」

黙りこんだ澤木に、都築がたたみかける。

「とにかく、お仕事が終わってからでいいんで、伺わせてください。今こうして電話口で話していても始まらないんです。何時頃にお伺いすればよろしいですかね」

三時前後、と答えた。クライアントから何本か電話が掛かってくれば、長話になることもないだろう。事務所で待っていると告げ、通話を終えた。受話器を戻した澤木は、私物を入れてある机の引き出しからソフトカバーの薄い歌集を一冊取り出した。

『歌集 硝子《がらす》の葦《あし》』

幸田節子が遺した生涯一冊の歌集だった。小物入れ代わりにしている掌大《てのひらだい》のタッパーウェアを引き出しの奥へ押しやり、手に取った歌集の表紙をめくると、二枚の写真が机の上に滑り落ちた。一枚は火災当日、厚岸の実家にあったアルバムからこっそり剝《は》がして手に入れた、中学三年生の節子。もう一枚は一週間前、帯広に住む佐野倫子《みちこ》という女から送られてきたものだった。添えられた手紙には節子の歌友と書かれていた。

『少しだけ心の整理がつきましたので』で始まる文面の最後に、『澤木さんがお持ちになるのがいちばんと思い、送らせていただきます』とあった。

誰に向かって笑っているのか、見慣れない背景のスナップ写真だった。節子はカントリー調の長椅子《いす》に座り、こちらを見ている。薄いオレンジ色のTシャツにジーンズ。服装を見れば夏に撮ったことが分かる。なぜこの写真が澤木に届けられたのか、考えているさなか幸田喜一郎が死んだのだった。

澤木は手紙の文末にある佐野倫子という名前と帯広の住所、電話番号を手帳にメモした。

「始まり」の予感が螺旋《らせん》を描きながらせり上がってくる。何かに急《せ》かされている気はするのだが、それが何なのかが分からない。澤木は窓の外へと視線を移した。雪の止んだ空を見る。雲の切れ間から太陽の光がこぼれ始めていた。

I

砂の音が聞こえた。体の内側から外に向かって、体を切り崩しては砂が流れ出している。砂時計のくびれが永遠に続いているような音だった。

節子はゆっくりと目蓋《まぶた》を開けた。引き寄せた目覚まし時計の日付は八月二日、月曜日。まだ七時半だ。セットした時間より三十分早い。

乾いた砂音が、夫が身支度を整える衣擦《きぬず》れと重なる。遮光カーテンの隙間《すきま》から、朝日が差し込んでいる。並べた枕《まくら》から、微《かす》かに夫の体臭が立ちのぼった。

喜一郎の浅黒い肌と艶《つや》のある黒い瞳《ひとみ》は、還暦とは思えないほど若々しかった。好きな服を着、好きなものを食べ、好きな女と過ごすことにエネルギーを注いできた男だ。苦労人に見えない風貌《ふうぼう》は、ラブホテルの経営者とはいえ、商売人にしてはやや不利だろうと節子は思う。

「おはよう。お父さん、出掛けるの」

ジーンズのベルトを締めていた喜一郎が、少ない光の中で振り返った。一向に腹がせり出す気配はない。ほどよい筋肉が内臓を守り、肉体が内側から崩れることを拒んでいるようだ。

バリトンが、部屋の空気を揺らした。

「起こしちゃったか。じゃあ朝ご飯を一緒に食べてから出ようかな」

「どこに行くの」

「昨夜言ったでしょう。パヴァロッティの新しいベスト盤が手に入ったって」

喜一郎の経営する『ホテルローヤル』と棟続きの住宅では、大音量で音楽を聴くことができない。ホテルは一階が車庫で二階が客室という造りになっているが、防音に力の入った建物ではなかった。

少しでも経営者側の生活音が漏れては、客がラブホテルへ来た意味がなくなる。朝でも昼でも、男と女が好きなときに夜を楽しむための部屋では、どんな音楽も邪魔になる。

ヘッドフォンを嫌う喜一郎が心ゆくまで好きな音楽を楽しめるのは、コンサート会場か自家用車の中だけだ。

釧路湿原を見下ろす高台に建つ『ホテルローヤル』は、築二十年で客室数十二の老舗《しにせ》ラブホテルだ。喜一郎が四十の年にそれまで経営していた看板会社をたたみ、ゼロから始めた。国道から奥まった場所に建っていることで、数年単位で通い続ける常連に支えられている。

白い外壁や紺色の屋根は、どんな季節でも湿原に映えた。外から見れば頑丈そうに見えるものの、客室は五年ごとに改築や改装を繰り返している。

節子が幸田喜一郎との結婚を決めた頃、台所も寝室もすべて改装してはくれたが、防音壁にするほどの予算は組まれなかった。

目立った民家もない山の上なのだから、小さくてもいいから十メートルでも離れたところに戸建ての家が欲しいと言ったことがある。しかし喜一郎は承知しなかった。

「僕は他人に財布を預けて枕を高くして眠れるような器じゃない。朝でも夜でも思い立ったらすぐに事務室に顔を出せる環境じゃないと、経営者も財布を預けられた従業員もお互いに要らん心配が増えるだけだろう。おかしな気を起こさないでもらう、これが僕にとってのいちばんの安眠方法なんだ」

本人が言うほど商売において細かい男だとは思わなかったが、確かにここでは管理人もパートも、内部ではほとんどトラブルが起きなかった。

「ベスト盤ってことは、カルーソーも入ってるの」

「もちろん。帰ったらCDに焼いてあげるから、節《せっ》ちゃんも車で聴いてごらんよ」

オペラ好きの喜一郎から勧められて、唯一《ゆいいつ》気に入ったのが「カルーソー」だった。

十年前に観《み》た映画の挿入曲として記憶に残っている。

余命いくばくもない女が昔付き合っていた男の前に現れて、自分はもうすぐ死ぬので一緒に過ごして欲しい、という。男には妻がいる。登場人物がみな彼女の「余命」に縛られ、右往左往する。死んですべてお仕舞いにできたのはヒロインだけで、他の登場人物たちは得たものと失ったものを天秤《てんびん》で量り続けながら、その後も生き続けなければならない。十年経《た》っても節子の内側にざらつきを残している映画だった。

「朝ご飯、何がいいの」

喜一郎はクローゼットの中から夏物のジャケットを手に取り振り向いた。

「トーストと美味《うま》いコーヒーがあれば何もいらないよ」

コーヒーメーカーに豆をセットして、買い置きのホテルブレッドをスライスして焼く。食卓テーブルを挟んで腰掛け、外から響いてくるシャッターの音を聞いた。

金曜の午後から日曜日まで、夏祭りがひかえていた。週の前半は嵐《あらし》の前の静けさだと喜一郎が言う。

「昨夜は全室埋まったの」

「半分ってところだ。夜中に三部屋空いて、そろそろ全部出る頃だろう」

午後十一時からは休憩ではなく泊まりの料金になる。チェックアウト時間は午前九時だ。夜中に三度も起こされたら、管理を任せているとし子もぐったりしているに違いなかった。昼間は自宅へ帰って横になるらしいが、熟睡できることは稀《まれ》だと聞いた。

「またぶつぶつ言ってるかもしれないね。二回だと何も言わないんだったよね」

「夜中起こされるストレスってのはたまらんからな。いっそ一睡もしない方がいいんだろうが、そうなると体が保《も》たない。俺は一年で音を上げたけど、彼女はもう七年も夜中の管理をやってるんだ。朝の愚痴くらい付き合ってやらないと」

喜一郎が前妻と離婚したのも、妻が夜のホテル管理に嫌気がさしたことが発端だった。体調や精神面にいろいろと不具合が出たのが離婚話の始まりと聞かされている。三人目の妻である節子に報《しら》されない事情もあるだろう。

喜一郎はひとまず夜の事務室をとし子に任せて妻と別れた。娘の梢《こずえ》は経済的な理由から喜一郎の元に残されたが、学校へは行ったり行かなかったりの生活を続け、高校卒業と同時に家を出て行った。

節子は最初から高校一年生にもなる継子《ままこ》とうまくやろうという気持ちは持っていなかった。長らく続いた家庭不和の腹いせにプライドもなくぐれた娘など、取るに足らない存在でもあった。やりたいだけやらせればいいのだ、と腹を括《くく》っていれば小娘がどんな言葉で節子をなじろうと気にならなかった。梢がそう時間を置かずに家を出るのは目に見えていたし、喜一郎も反抗的な娘に手を焼き、避けていた。

喜一郎に求婚されたときのことは、今もはっきりと覚えている。

「僕の妻になれば生活に汲々《きゅうきゅう》とすることもないし、させない。おおっぴらに金を渡せるし、それを自由に使える。歌集も出してあげられるし、朝寝坊もできる。与えられた時間は節ちゃんが自由に使っていい。断ってもいいけど、断らせない自信もある。いい年をした親爺《おやじ》の狡《ずる》い誘い方だと思うならそれでもいい。好きなだけ考えてくれ」

金と暇をやるから好きに生きてみろと言われたのは初めてだったし、これだけ具体的に材料を提示されれば目に見えないものに気持ちを揺さぶられることもなかった。愛だの恋だのと言わないぶん、結婚生活は淡々としていた。

結婚にひとつ厄介な事情があるとすれば、節子の母が長く幸田喜一郎の愛人だったということだ。

車で一時間かからぬ厚岸町に住む母に、電話で喜一郎と結婚することを報告した。面と向かって言えば厄介事が膨らむだけだと思った。母の律子《りつこ》は、驚くほどあっさりと応《こた》えた。

「あら、そうなの。いいじゃない。パパさんなら金持ちだし、私も知らない仲じゃないし。こっちの生活の面倒も考えてくれるなら、何の文句もないけど」

十五歳の春まで暮らした実家には、今も律子がひとりで住んでいる。節子は高校進学を機に、釧路へ出て下宿を始めた。そのときの後見人が喜一郎だった。律子と喜一郎は節子が十歳のときからの付き合いだったが、ふたりが一体いつ男女の関係を清算したのかは今も分からないままだ。続いているのではないか、という疑いは、ひとまず律子の言葉で薄まった。

節子が喜一郎と初めて肌を重ねたのは高校一年の時だった。喜一郎は四十六歳。看板屋をたたんで始めたラブホテルが軌道に乗った頃だ。幾度となく食事に誘ったくせに、節子に「いいよ」と言われた彼の方が戸惑っていた。いずれ関係を持つつもりなら、今でもいいという意味の「いいよ」だったが、喜一郎はそうは取らなかった。

「好奇心で大人の男をからかっちゃいけない。俺じゃなきゃ駄目だと思えるようになったら、もう一度誘ってくれないか」

「したいから誘ってるだけなのに」

節子の、性行為に対する好奇心などとうに失われていることを知った喜一郎は、その日からただの後見人ではなくなった。律子との関係について、結婚前に一度だけ訊《き》いたことがある。

「ねぇ、お母さんとまだ続いているの」

「なんでそんなこと訊くの」

「こういうのって、親子なんとかって言うんでしょう。男の人にとって面白いものなのかなと思って」

裸の節子を押さえつけ、喜一郎が言った。

「そういう男だと思ってくれた方がありがたいはずなんだけど、実際に言われるとけっこうむっとくるもんだな」

喜一郎を怒らせたのは後にも先にもそのとき一度しか記憶にない。謝るチャンスを逃し続けているうちに彼の妻になっていた。今さら口にしたところで、喜一郎が覚えているかどうかも怪しかった。

梢が家を出て二年と少し経った。節子にしてみれば、よく卒業までこの家にいたものだという驚きの方が大きい。継子がいなくなってようやく落ち着いた生活ができるようになっている。

「悪いんだけど、午前中に今月分の売上伝票を澤木君の事務所に届けてくれるかな」

「こっちに持ってきてるの」

「いや、まだ事務室にある。とし子さんが束にしてくれてるはずだ。伝票と飲料水とテレビ収入の帳簿を届けて欲しいんだ。その辺は節ちゃんの方が詳しいでしょう」

月初めの月曜日は、前月の売り上げを澤木会計事務所に届けることになっている。節子が結婚する前の職場だ。帳簿管理ならば自分ひとりで充分と言ったこともあるのだが、喜一郎は首を縦に振らなかった。

不景気で売り上げはかなり落ちているはずだが、そんなことはおくびにも出さない。喜一郎は女房と金の話をするのが心底嫌なのだろう。

「財布握られているよりも悪いでしょう、そういうのって」

前の妻もその前の妻も、最後は金の話しかしなかったと聞いている。ホテル経営は借金も多い商売だが、それなりに日銭も入ってくる。収入を細かく女房に知られているというのも、男にとっては負担に違いない。

「節ちゃん、今日は短歌の月例会だったね。黙って他人の意見を聞いてるのも楽じゃないんだろうね。どんな解釈をされてもいいわけしないんじゃなかったっけ」

「それはそれで面白いと思ってるけど。使う言葉の切れ端で、ずいぶん人が見えてくるじゃない。どんなに本音を巧妙に隠して褒めても、何を考えているかすぐに分かっちゃう。隠せる人の方が稀だと思う」

「腹の立つ感想ってのは、ないのかい」

節子は短く「ない」と答えた。実際、腹が立つほど核心を突かれたことはなかった。

ジーンズにこぼれたパンくずを払ってから、喜一郎は夕方には戻ると言って階下に降りた。ほどなくして低いエンジン音が響いた。節子は二階の窓から赤い車体が走り出すのを見送り、視線を崖《がけ》の向こうに広がる釧路湿原に移した。

湿原がベージュから濃い緑へと変化し、短い夏を命で膨らませていた。このパノラマは湿原展望台の真正面という立地に与えられた恩恵だ。節子はしばらく葦《あし》の絨毯《じゅうたん》が風になびくのを眺めてから、シャワーを浴びた。

身支度を整え、十二間分の長い通用廊下を通り、建物の中央にある事務室に顔をだした。最後の客がチェックアウトした直後だったようだ。事務室の隣にある休憩室を兼ねたリネン室で、とし子が昼のパートふたりに申し送りをしていた。

「こっちにまとめてあるシーツは染《し》み抜き。伝票に赤丸を付けてあるのは、飲み逃げしてるところだから。昨夜はコーラとビールが一本ずつ。今日の掃除は冷蔵庫内をしっかり見て。瓶ごとなくなってると、いつどの客がくすねたか分からないでしょう。それから、三号室から夜中の一時にコンドームが置いてないって電話が入りました。ベッド周りの点検は念入りにお願いします」

とし子は赤茶けた薄い髪を首の後ろで束ねており、振り向いた顔には眉《まゆ》がない。

「おはようございます」

頭を下げるも、視線を合わせ世間話ができるような柔らかい気配はない。さっさと自分の仕事に入ってしまうので、何か言おうとしても、きっかけを摑《つか》むのが大変な相手だ。仕事はきっちりとこなす五十女。節子がここに住み始めてからずっと同じ調子なので、今さら何を言うつもりもない。

『ローヤル』の事務室を任せられる前は、川沿いのラブホテル街で、部屋数二十のホテルをきりもりしていたと聞いた。建物の老朽化に加え内縁の夫の自殺という事態から、商売を立て直すことができなかったという。態度に問題はあるが、とし子の仕事に穴はなかった。

とし子は机の引き出しから一か月分の伝票と「飲料水・テレビ収入」と書かれた帳簿を出した。

「箱ティッシュが切れかかってます。今日中に三カートン届くよう手配してありますから」

よれて色あせたTシャツの襟から、白い首が伸びていた。顔にはシミが溢《あふ》れ、目は寝不足で落ちくぼんでいる。膝《ひざ》の出たストレッチのジーンズは、とし子の寝間着であり仕事着でもある。

妻よりも長く暮らした男に死なれた彼女は、債権者にホテルを追い出されたところを喜一郎に拾われた。

とし子は勤め始めてから七年、夕方五時から翌朝十時まで休みなく現場を仕切っていた。喜一郎がドライブに出掛けられるのも、節子がぶらぶらと過ごしていられるのも、とし子のおかげだ。

「夏祭りが近いから、今のうちに少しでも体を休めておいてね。頼りにしてます」

二キロほど離れた住宅地のアパートに住む彼女に、家族はいない。住む場所も喜一郎が世話をしたという。一度失敗した商売を、人に使われてまで続ける理由は分からなかった。節子ならば帳簿に載せずに溜《た》めた金を元手にして、小料理屋でも開いているところだ。日銭がある商売のうま味をまったく享受《きょうじゅ》しないまま、とし子はここにやってきたのだった。五十になってもまだ、慢性的な睡眠不足に悩まされる仕事に就いている。年齢や健康のことを本人がどう考えているのかは分からなかった。

日銭があるというのは、金の流れが単純ということだった。三十分百円というテレビ収入も、喜一郎以外に本当の稼働率《かどうりつ》を知っている者はいない。鍵《かぎ》を持っているのは喜一郎であり、月に一度、彼が全室のテレビに付いているコイン機から百円玉を集める。税理士の報酬も節子に渡される生活費も、ほとんどが冷蔵庫常備の飲料水やテレビ収入、アダルト玩具《がんぐ》販売の収益から出ている。喜一郎の手元には、節子が澤木の事務所に勤めていた頃に見ていた出納帳とは明らかに違う額の金があった。入った分を計上しなければ現金が残る。室料にしても同じことが言えた。伝票を一枚抜けば、パートに支払う一日分の賃金が浮く。誰も見ていない。毎日確かめる者もいない。喜一郎が言うように、経営者が目を光らせていないとどんなことが行われるか分からない商売だった。一度税務署の監査が入った記憶があるが、帳簿に不備はなかった。

とし子以下、四人のパート主婦たちはみな古参で、視線には節子を小馬鹿《こばか》にした気配が漂っていた。会計事務所との付き合いから考えても、周囲がふたりのことを前妻がいた頃からの関係と思うのも無理からぬことだ。節子自身も、三人目の妻という立場が彼女たちの好奇心を必要以上に煽《あお》っていることを充分承知していた。

湿原に沿って走る国道は夏の景色だった。道の両側にある緑は北国の短い夏を慈《いつく》しむように細い葉を茂らせている。薄紫色のワンピースに着替えると、気持ちが外へ向かって開いた。太陽もあと半月で夏の力を失う。かき入れ時の夏祭りとお盆が終わると、この街には秋風が吹き始める。

澤木の事務所に着いたのは、昼時だった。毎月売り上げの伝票を届けに行く会社は珍しい。パソコン入力したデータを送れば済むのだが、手書きの帳簿も喜一郎のこだわりのひとつだった。

会計を任せている澤木昌弘は、三十一歳の年に雇い主が引退し、事務所を引き継いだ。そのときに事務員として短大を卒業したばかりの節子を紹介したのが喜一郎だった。

海岸に続く道を上りきったところに事務所はある。夏のあいだ霧に閉じこめられる地域でもある。事務所に入って行くと、事務員の木田聡子が老眼鏡をずらしながら顔を上げた。彼女も喜一郎が世話をした事務員だ。

喜一郎と同い年の木田は節子を見て微笑《ほほえ》んだ。木田聡子の笑顔を見るたびに、彼女と喜一郎のあいだに男女関係がなかったことを不思議に思った。同じように笑顔を返し、節子は事務所を見回した。十畳あるフロアに、澤木の机と木田の机、あとは繁忙期に使う予備の机が鼻をつき合わせるように配置されている。壁にはファイルの棚が並んでいた。事務所の隅、窓の下には古びたソファーがある。事務員時代、節子はいつもこのソファーに座って弁当を食べた。あのころはコンビニ弁当を買う余裕もなかった。

「先生は外回りですか。帳簿と伝票を持ってきました」

「奥におりますよ。さっき出先から戻ったところです。ちょっと待っていてくださいね」

せかせかと動く様子は落ち着かないが、それが木田聡子の良さでもある。四十やもめの澤木にとって、母親のようにあれこれと世話を焼いてくれる木田は貴重な存在だろう。節子の後釜《あとがま》にどうしてこんな年配の事務員を紹介したのか喜一郎の考えは分からないが、澤木もベテランの木田に仕事をせっつかれるのを気に入っているようだった。

住宅に通じるドアを見た。仕事の前や後、幾度もあの薄暗い寝室へ通った。平屋の事務所は住宅部分が手狭だ。一度訊《たず》ねたことがある。まだ喜一郎に前妻がいた頃、節子が勤め始めてすぐのことだ。

「ここ、ひとりしか住めなさそう。先生って、後々のことあんまり考えないタイプなんですか」

「どうしてそう思うの」

「何だか、仮住まいって感じがします」

物欲しげに響かぬよう言葉を選んでいるうちに、澤木が先回りして答えた。

「家族って、あんまり考えたことないですね。藤島さんも、そういう男の方がいいんじゃないですか」

澤木が好んで自分のことを語ることはなかった。節子が知っているのは、喜一郎との結婚後、事務所に届け物をした際など木田聡子がこっそり話してくれたことだけだ。東京の税理事務所時代、若くして結婚に失敗したことや、別れた妻とのあいだに娘がひとりいること。今は九州に住むという妻と娘について、澤木の口から直接聞いたことはなかった。

節子が幸田喜一郎と籍を入れると告げたのは、澤木と関係ができて、四年と少し経《た》った頃だ。

「ときどき会いに来てもいいでしょう」

「好きにしたらいいよ」

澤木の態度に拍子抜けしたのを覚えている。喜一郎と暮らし始めてからしばらくは連絡をしないまま過ごしていた。半年ぶりに肌を重ねたのは、今日のように喜一郎から帳簿と伝票を届けるよう頼まれた日だった。

スリッパの音を響かせ木田聡子が戻ってきた。うしろからストライプの綿シャツとコットンパンツ姿の澤木が現れる。彼の場合、クライアントに会うときもこれにブレザーを引っかけるだけだった。身につけるものに無頓着《むとんちゃく》なところは何年経っても変わらない。

「今日は節子さんが行くからって、朝のうちに幸田さんから電話をもらってたんです。伝票の厚みが去年の七月の半分しかないって笑ってましたよ」
二、三か月に一度は節子が届けるのだが、売り上げが半分に落ち込んでいるというのに、わざわざパヴァロッティを聴くためのドライブに出掛けた夫の呑気《のんき》さがおかしかった。
「幸田のことだから、何か策があるのかもしれないです」

「リース会社の返済額を、減らしてもらうよう交渉したいっておっしゃってました。二十年間、問題なく払い続けてますからね、そろそろいいと思うと答えたんだけど」

話し合いが順調にいって返済が半分になれば、売り上げが多少落ちても乗り切れるだろうと澤木が言った。

少しでも良く見せようとすれば厭味《いやみ》になるほど端正な顔立ちをしているくせに、澤木は自分の服装や髪にはまるで関心がない。女を誘う手管に長《た》けているかと思えば、木田聡子が作ってくれる漬け物や総菜をありがたがって食べる。

澤木は木田の背中に向かって、お茶はいいよ、と声を掛けた。

「どこかその辺で昼飯でも食べながら、返済プランの試算説明をします」

節子と澤木は川沿いにあるホテルのイタリアンレストランで向かい合って座った。ランチの客で八割ほど席が埋まっている。店内にはオリーブオイルやガーリック、ゴルゴンゾーラの香りが漂い、ひかえめにカンツォーネが流れていた。

昨夜の酒がまだ残っているという澤木は、運ばれてきた水を一気に飲み干したあと、事務所にいたときより親しみを込めた笑顔になった。当然、返済プランの説明などはない。

「幸田さんは何か用事でもあったの。電話じゃあんまり詳しく訊《き》かなかった」

パヴァロッティを聴くためにドライブに出掛けたと言うと、呆《あき》れ顔で三大テノールですかとため息をついた。

「新しいCDを買ったんですって。ドライブしながら頭が割れそうな大きな音で聴いてると思う。売り上げが落ちても雷が落ちても、あの人にはあんまり響かないみたい。どうしてあんなに達観できるのか分からないけど」

テーブルのむこうで、笑った唇が左右均等に持ち上がった。男の口元にはどう隠しても心根が出てくる。目尻《めじり》に向かって素直に引き上げられた口角は、澤木の顔立ちをより一層魅力的に見せた。

「節ちゃんは午後から何か用事あるの」

「二時半から短歌会の集まりがある」

節子は腕の時計に視線を落とした。食事を終えても一時間半残る。澤木が節子の予定を訊ねるときは、彼の方にも時間がある。つまり「君はどうなのか」と訊ねられているのだった。選択は常に節子がする。

「歌集、先月幸田さんがものすごく上機嫌で一冊置いてってくれた。いいタイトルだね」

「中身は褒めてくれないんですか」

澤木は表情を変えずに「僕の感想なんか、何の役にも立たないでしょう」と言った。

節子が短歌を始めたのは、まだ事務所にいる頃だった。顧客に「妻が今度新しく短歌会を立ち上げるので入会してやってくれないか」と誘われたのがきっかけだった。最初は人数が欲しいという顧客の顔を立てるつもりで参加した。面倒になったら仕事を理由にして脱会すればいいと思っていたが、もう七年も続いている。

歌集をまとめたいと相談した際、主宰者の加賀久恵は節子も驚くほど喜んだ。

「うちは小さいぶん自由だから、出版でも短歌賞の応募でも、勉強になることは何でも遠慮なく挑戦してみてください」

古い結社になると「座の文学」を楯《たて》に、まず人間関係から構築して主宰者にお伺いを立てねばならないと聞いた。

タイトルは喜一郎が付けたと言うと、澤木はパスタをからめるフォークを止めた。

「幸田さんって、文学に造詣《ぞうけい》のある人だったんだ」

澤木は眉間《みけん》に皺《しわ》を寄せ、意外という単語を二度口にした。

「歌集を出しなさいって言ったのも彼。一度ちゃんと自分の書いたものと心中してごらんって」

「心中って、それまた物騒な話だね」

『歌集　硝子《がらす》の葦《あし》』は、喜一郎のひとことで出すことに決めた。内容は、夫以外誰にも相談しなかった。節子は夫の使った心中という言葉の意味を自分なりに理解した。このまま同じ路線で詠《よ》んでいても一歩も前へ進まぬことを、節子自身が痛いほどよく分かっている。振り返ると、節子より喜一郎の方が熱心に歌選びをしていた。

「生きてるか死んでるか分からない状態が続くより、一度お墓に入れてあげた方がお互いのためでしょう。あなたはこれからも生きて行くのだし」

一冊にまとめることについて喜一郎は「葬《ほうむ》る」という表現を使い、もう手直しできないというところまで持っていかねば、新しいものも生まれないのだと言った。

実際にまとめると、喜一郎が言うように底も見えた。無意識に言葉をひねり出していた報いだ。詠み手は何の責任も取らず、自分の表現にただ酔っている。それを識《し》るための一冊だった。

こうなることが分かっていて、どうしてまとめることを勧めたのかと問うと、喜一郎は笑いながら答えた。

「節ちゃんは使い減りのしないひとだから。最初からそうだったでしょう。半分意地みたいにして自分の足場を守ってる。それに、大層な女優で野心家だ」

だからこそ客観的に自分の力を見ろ、という。素直に頷《うなず》いた。

澤木と食事をしている最中に、夫のことを考えても胸が痛むということがない。節子はそのことを、自分という人間に与えられた褒美《ほうび》だと思っている。

二時半から始まる例会の、今日のテーマは『歌集 硝子の葦』披講会だった。

ヒモの男や遊女や囲われた女など、性愛が大きな軸となっている節子の歌は、『サビタ短歌会』においては異端だ。ほのぼのとした生活詠の多い会のなかでは、詠んだ本人も出来上がった歌集も、さほど歓迎されていない。

披講会で歌集の著者は、終始黙って会員の意見を拝聴しなければならない。たとえ見当違いの解釈であろうと、微笑みながら聞き流さなくてはいけない決まりだった。

「先生、時間ある?」

澤木が腕の時計を見た。節子は天井を指差し、澤木を誘った。

生涯学習センターの小会議室は、女たちの放つ化粧や香水の香りで充満していた。会長以下二十名、コの字型に並べた会議机の席は、毎月全員が必ず同じ場所に座った。窓を背にした中央の席に『サビタ短歌会』主宰の加賀久恵がいる。副会長と会計係が、派手なスーツを着て加賀を挟んでいた。一年交替で副会長と会計係を交互に担当しているふたりは、周囲がうんざりするほど仲が悪い。

ホテルの部屋を後にして、まだ三十分しか経っていなかった。化粧を直す際、瞳《ひとみ》ばかり妙に濡《ぬ》れ光っていたのは気になったが、そんなことで男を抱いてきたと気付かれる気もしない。

副会長の尾沢が会議室に入った節子を手招きして自分の隣に座らせた。

「あら、出がけに香水ふってこられたの」

節子が席に着くなり尾沢が樽《たる》のような体を捻《ひね》って言った。たしかに、ホテルを出て車に乗ってからアトマイザーを使った。年配の女特有の勘を侮《あなど》っていたかもしれぬ、と節子はにっこりと笑った。

「すみません。急いで出てきたものだから。つけすぎたかもしれません」

尾沢はつんとした表情で、いい匂《にお》いよ、と言った。

腰のあたりに、体温が下がるときの怠《だる》さがあった。頭の芯《しん》もぼんやりとしている。澤木と交わったあと、ひと眠りしたい気分を無理にシャワーで流してきた。これならばどんな酷評も右から左に流れて行ってくれそうだ。

「七年で歌集を出すなんて、思い切ったものねぇ。私は歌歴三十年だけど、まだまだって感じ。若いっていいわ。あまりに無謀で、羨《うらや》ましいくらい」

会長の頭越しに会計の友部が首を伸ばした。

「尾沢さんは、まだまだってことが分かるほど自分には実力があるっておっしゃりたいのよね」

ふたりは似たようなオーストリッチのバッグから、ほぼ同時に今月の資料と節子の歌集を取り出した。靴も服もバッグも先を争いながら手に入れるのに、なぜかその趣味は驚くほど似ている。

「そこまで捻った解釈ができると、生活にいろいろと支障が出てくるでしょうに。ご家族が気の毒です」

尾沢のひとことは、熟年離婚の危機に立たされている友部を逆撫《さかな》でする。会長の加賀が小さな咳払《せきばら》いをしたあと「始めましょうか」と呟《つぶや》いた。

会長以下節子を含めた四人が座る上座から、垂直に伸びた会議机のいちばん近くに佐野倫子がいた。

節子より五歳上だが、歌歴は同じだ。性愛や虚無を柱にしている節子とは違い、佐野倫子はほんのりと明るい家族の景色を詠《うた》う。今日も横に小学校二年生になる娘のまゆみを座らせており、品のいいアイボリーのサマーセーターにさり気なくベビーパールのネックレスをさげている。

まゆみがちらと節子を見た。にっこりと微笑《ほほえ》み返す。前歯二本だけがビーバーのように大きかった。くるりと丸い目は母親に似ている。栗色《くりいろ》がかった細い髪を短いおさげにしており、水色のブラウスが真白い肌によく似合う。いくら夏のない街といわれていても、小学生ならば多少の日焼けがあってもいい季節だが、まゆみの肌はミルクプリンのように白かった。

まゆみに続いて倫子とも目が合った。心持ち口角を上げた、さりげない会釈《えしゃく》が返ってきた。倫子の評判も、会では真二つに分かれていた。物静かで上品なところが良いという者、お姫様じゃあるまいし、という者。陰口は彼女の夫にまでおよぶ。倫子の夫は数年前に財政破綻《はたん》したこの街唯一《ゆいいつ》の百貨店の、若き幹部だった。今は個人で輸入雑貨を仕入れ、郊外の大型スーパーの一角にショップを開いている。友部の話によれば、その商売も不景気のため思ったようには行っていないらしい。

短歌会のそうした気配のせいでもないのだが、節子も倫子もお互い積極的に関わることはなかった。尾沢と友部のつばぜり合いに加えて、若手ふたりの方向性の違いも短歌会を陰で盛り上げていた。

節子の肩を持つのは会計の友部で、倫子を援護するのは尾沢と決まっている。そして披講が熱を帯びるにつれ、会全体がふたつに割れる。仲良しサークルの仲間というより、誰もがこの分裂と披講という名の諍《いさか》いを楽しんでいた。

友部が副会長を務めていた去年、短歌会解散の噂《うわさ》が流れたことがある。発火点は友部が「歌を作るということはすべて嘘《うそ》を孕《はら》む」と一席ぶったことだったが、作歌の意味をはき違えるなと反論した尾沢と言い争いになった。

常に事実だけを詠んでいるのかと嚙《か》みつく友部に尾沢は、事実と真実は違うと応酬する。同じであるべきと言ったじゃないかと言えば、歌は嘘でもいいなんてことを言うからだと返す。泣きながら個人攻撃かと怒鳴る友部に向かって、勝ち誇った顔の尾沢が「こんな感情的な人は相手にできない」と立ち上がった。続いて尾沢派が一斉に席を立った。友部の「卑怯者《ひきょうもの》」という声が会議室に響いた。

どうしようもない茶番を見せつけられた気分だった。ただ、普段は尾沢に一目置かれているはずの倫子は会議室に残り、白けた気配のなかでひとり困惑した表情でうつむいていた。

それでも皆、次の月には解散の噂など忘れたようにして集まってきた。月例の披講がいつもより無難なところに着地して、尾沢がもったいぶった口調で仕切り直した。

「さて。ここからは『硝子の葦』についての披講に移ります。みなさん、事前にお選びいただいた一首をおひとり二分ほどの持ち時間で、よろしくお願いいたします」

尾沢はそこまで言うと、はっきりと分かるため息をついた。会長の加賀が残念そうに首を振る。友部が咳払いをひとつした。ざわついた気配からひと呼吸、会員がみな節子の歌集を開き終わった。

自費出版で三百部。会員に配り、道内の主だった歌人や結社に送り、各種短歌賞に応募しても、まだ百五十部手元に残っている。喜一郎がぽんと出してくれた百万は見事な虚栄心に化け、地元新聞に取り上げられたせいで他人の自意識を過剰に煽《あお》っていた。

「幸田さんの作品については、いつものように賛否両論かとは思いますが、まずは、私から始めさせていただきます」

尾沢が余裕たっぷりで、切らなくてもいい箇所で言葉を区切りながら口火を切った。

「一貫した『性愛』というテーマがありますから、一冊にまとめるのは案外容易な作業だったと思います。一語一語に目新しさはないけれど、古くからこの手の作歌をする方の、ある種の傾向というものに私は目を向けたいと思います。ご本人も当然意識されていることでしょうが、短歌でフィクション的表現をするには、その向こうにどうしても語らなくてはならない、業《ごう》のようなものが必要じゃないかと思うわけです。私が興味を覚えたのは、歌集のタイトルにも使われています、

『湿原に凜《りん》と硝子の葦立ちて洞《うつろ》さらさら砂流れたり』

という一首でありますけれど、ここには性愛を示す単語もございませんし、自分が砂の一粒として流されてゆくという虚《むな》しい気持ちは、女ならば誰もが持ち合わせていることで、ある種の普遍も感じ得ましたし、よろしかったんじゃないでしょうか。これだけはどうしても申しあげておきたいのですけれど、こうした歌をよしとするかたは、もっとご自分の力量や品というものに関心を持たれて、基礎を固めることをお勧

めいたします。堅実な生活と堅牢《けんろう》な基礎なくして、フィクションという建物は建ちません。下品も品のうち、などというのは詭弁《きべん》かと思います。以上です」

直後、刺すような気配が会議室を満たした。うなだれる者や背筋を伸ばす者のなかで、佐野倫子だけがいつもの笑顔を崩さなかった。まゆみも母の横で行儀良く座っている。披講の流れは尾沢が決定づけた。節子は座ったまま小さく頭を下げた。

尾沢の右横に座る節子を飛ばして、次は佐野倫子の番だった。倫子は周囲の気配など気にも留めない様子で節子に会釈をした。

足下に置いたバッグの中で、携帯電話が振動を始めた。静まり返った会議室で、床を這《は》うように響いている。誰も何も言わない。まゆみだけが節子を見て微笑んでいる。倫子は表情を変えず携帯の振動が止まるのを待ち、止まったあと一拍おいて口を開いた。会員の視線がすべて彼女へと注がれていた。

「私は、大変読みごたえのある歌集だったと思います。幸田さんがこの歌集を編まれたお気持ちが、全体から伝わってきました。私の勝手な推測ではありますけれど、幸田さんはこの一冊によって現状からの脱却をはかっておられるのでは、と思いました。すべての作品に対しての訣別《けつべつ》、という意味において、この歌集は大きな意味を持ち素晴らしいです。尾沢副会長のお言葉もひとつのご提案として大切かとは思いますが、フィクションであるなしにかかわらず、人の気持ちに深く入りこむのは常に困難です。私はいつも生活の中から題材を見つけて詠いますけれど、それがフィクションでないと誰が証明できるのか、とも思うのです。詠んだ歌によって人柄が判断され、一個人の考え方による品のなにがしで歌が披講されてゆくなら、ことさら円満な家庭の景色を詠う私こそがフィクションと揶揄《やゆ》されてもおかしくはないはずです。どうして人の手から出た作品に真偽を質《ただ》す必要があるのでしょうか。文字や言葉にした段階ですべては脚色されて虚構にまみれているとは考えられないでしょうか。ここに目を瞑《つむ》る空気は危険だと思います。まずはそこを是正しませんことには、それぞれの作歌姿勢よりこの会の品格が問われると私は思います」

水を打つ、というのはこういうことだ。今、尾沢に真っ向から挑戦状をたたきつけたのは本当にあの佐野倫子なのか。彼女のすました顔をまじまじと見る者が大半だった。会議室に、再び携帯の振動音が響いた。節子は足下を見下ろし、一体誰だろうと唇を噛《か》んだ。

倫子は涼しい顔で一礼し、以上です、と次の者に番を送った。室内に漂う不安な気配に取り込まれていないのは、倫子とまゆみ、そしてバッグを蹴飛《けと》ばしたい気持ちに駆られている節子だけのように思えた。

少女の目はまっすぐに母が支持した節子へと向けられている。節子はこの視線をこちらから逸《そ》らしてはいけないような気持ちになった。少女を見つめ返す。まゆみがにこりと笑った。ビーバーのような前歯が飛び出し、節子も笑顔を返した。

そこからの披講は無難な意見ばかりが続いた。順番が最後となった友部まであたりさわりのない言葉を並べていた。総評を任された会長は、手持ちの原稿をクリアファイルに仕舞い込んで言った。

「今日の会は残念なことに、どなたも歌集の披講をされませんでしたね」

生涯学習センター一階の化粧室から、でっぷりとした中年の女たちが数人出てきた。コーラスサークルの帰りらしい。それぞれ手に楽譜を挟んだバインダーを持っている。複数での行動に慣れているのか、化粧室を出る順番を心得て整列している。入れ違いに入って行くと、五つ並んだ個室のいちばん手前で佐野倫子が佇《たたず》んでいた。節子は個室も鏡前もゆったりと余裕のある造りが好きで、会議室のある三階ではなく一階の化粧室を使っていた。

ドアが閉まっているのはひとつ。中にまゆみがいるのだろう。節子は小さく会釈をして鏡に向かった。

幸田さん、と倫子が一歩近づく。今日の披講について何か意見を求められるのは面倒だった。節子は鏡に映った彼女に向かって、「どうも」と言ってコンパクトを開いた。照明のせいなのか、倫子の白い頬がより白く見える。自信たっぷりに節子の歌集を褒めていたときとは違い、どこかおどおどした気配を漂わせている。正直なところ、できるだけ関わりたくない相手だ。

「今日の披講、気に障《さわ》りませんでしたか」

「みんな好きなこと言う決まりなんだから、いいと思います。腹が立つこともないし、あの場所で褒めていただいても特別嬉《うれ》しいとは思わないです。お互い様でしょう」

鏡の中で倫子が目を伏せた。節子の態度を開き直りと取ったのか、それとも強がりと取ったのか。これ以上会話が続かなければよいと思いながら、額と鼻先を粉白粉《おしろい》でおさえた。

まゆみが個室から出てきた。倫子は娘に手招きをして手を洗うよう促している。どこにでもいるような微笑ましい母と子、という印象がぐらついたのは、まゆみが節子の隣の洗面台で背伸びをしながら、ブラウスの袖《そで》をまくったときだった。蛇口から自動的に出てくる水の下で両手をすりあわせ始めた肘《ひじ》から先に、痣《あざ》が斑《まだら》になって散っている。古いもの新しいもの、内出血は紫から黄緑、黄色と、寄せ植えのスミレのようだ。

その内出血が指先でつねったものであることに気付く人間はどのくらいいるだろう。節子は幼い頃に自分にもあった色とりどりの内出血痕《こん》を思い出した。人前でつねられても顔をしかめたり泣いたりしない決まりだったが、まゆみの場合はどうだろう。他人の歌を披講する母親に、会議机に隠れた腕をつねり上げられている場面を想像してみる。

笑うのに精一杯で、泣く余裕などあるわけもないことは想像がつく。鏡の中で少女と目が合った。澄んだ瞳が薄気味悪いと思ったのは初めてだ。

倫子がさっと娘の袖を下ろした。手を洗っていたまゆみの、ブラウスの袖が水に濡《ぬ》れた。節子は鏡越しに佐野母娘《おやこ》を見た。ハンカチで娘の手を拭《ふ》き終えた倫子と、今度は直接目が合った。おっとりとしたお姫様という印象は消え、窺《うかが》うような眼差《まなざ》しになっている。

「幸田さん、私たち、ゆっくりお話ししたことってありませんよね」

「そうですね。なかなか例会以外の場所でお会いすることもないですし」

まゆみが倫子の背後に隠れた。

「新年会から帰る際にご一緒したきりじゃないですか」

二次会の帰りに倫子を迎えにきた夫の車で、家まで送ってもらったことを思い出した。暗がりでもあったし、新年の挨拶《あいさつ》程度しか言葉を交わさなかった。強い印象はなかったものの、人あたりの良さは記憶している。百貨店社長の甥《おい》と聞いていたせいかもしれない。

このまま上滑りした会話が続くのは勘弁して欲しかった。腰のあたりに娘の体をぴったりと抱き寄せ、硬い表情で倫子が続ける。

「覚えていらっしゃいますか、去年の合同歌集の評論で私の歌を取り上げてくれたでしょう。あのとき『この人は嘘を楽しんでいるのかもしれない』って書いてもらって、何だかすごく嬉しかったんです。手の先から出てくるものは違うけど、私たち実は同じことを考えてるんじゃないかって、あのとき思ったんです」

どれもこれも日常を垂れ流すつまらなさのなか、唯一佐野倫子の歌にだけは嘘まみれの気配を感じ取った。たしか、薔薇《ばら》の手入れをする優しい夫を娘とふたりで見ている、というような歌だった。アットホームな風景や日常のささやかな幸福感をわざわざ三十一文字にすることに、鼻をつまみたくなるほどの偽善と自己顕示欲が見え隠れして、彼女の歌は妙な目立ち方をした。

「この歌人の魅力は、作品において善意と幸福をアピールしなくてはならないという、創作過程の捻《ねじ》れだろう」と締めた。率直な感想であったが、短歌会では不評だった。

「私の勝手な解釈です。ちゃんと読み取れなかったとすれば、私の力が足りないんです」

倫子は首を横に振った。じっと節子を見つめる目の縁が赤い。節子は持っていたコンパクトを鐙《あぶみ》型ショルダーバッグに落とした。軽く手を振り化粧室を出ようとした節子を、倫子が引き止めた。

「今度お時間、いただけませんか。いつでもいいんです。お茶でも飲みながら一度ゆっくりお話ししたいんですけど」

「短歌の話ですか、それともご家庭のことですか。よそさまのこと、あれこれと話題にするのは性に合わないんですよ。主婦のおしゃべりって、延々と同じ話ばっかりだし。話すことが目的なら独り言で充分じゃないかっていつも思うんですけど」

倫子が肩に提げたトートバッグから掌大《てのひらだい》の手帳を取り出し、手早く何か書き込み切り離した。

「私の携帯番号です。いつでもいいです、私と話してもいいと思える時間ができたらお電話をください」

この場から引き上げるために、小さく頷《うなず》きながら受け取った。

「連絡できなかったらごめんなさい」

「こちらこそ。勝手なお願いだということは分かってます」

倫子から目を逸らし、紙切れをバッグに入れた。彼女が何を悩んでいようと、どんなストレスを抱えていようと、子供の体に傷をつけて良いという理由にはならない。他人に向かって懺悔《ざんげ》するくらいならさっさと止《や》めたらいい。懺悔の相手に節子を選んだのなら、そんな面倒からは何としても逃げねばならない。勘弁してくれと腹で呟《つぶや》きながら、まゆみに向かって小さく手を振る。母親そっくりな大きな目に不安の色を滲《にじ》ませて、少女が手を振り返した。

夏の太陽が海に近づき、朱色を濃くしていた。眼下に釧路川河口に架かる幣舞《ぬさまい》橋が見える。河口から向こうには朱《あか》く染まった太平洋が広がっていた。紺色の軽四輪の前で夕日の美しさに目をうばわれていた。節子は例会のあいだ二度も電話が掛かってきたことを思い出した。黄色い革に四つ葉のピンが付いたストラップをつまみ、バッグから携帯電話を取り出した。

着信画面を見ると「事務室」とある。喜一郎ならば携帯を使うはずだった。とすればとし子だ。今朝見た不機嫌そうな顔が浮かんだ。仕事のことを訊《き》かれても、節子が答えられることなどない。無視を決め込もうかと思ったものの、あとが面倒だ。着信画面から事務所の番号に返す。

「奥さん、今どこですか」

聞いたこともないとし子の甲高い声に、思わず携帯を耳から離した。生涯学習センターの駐車場だと答える。

「早く、市民病院に行って。そこからなら五分でしょう。運転に自信がなかったら、タクシーつかまえて。とにかく急いで」

「ちょっと待って。何でいきなりそんなこと。市民病院って何なの」

携帯の向こうで息をのむ気配があった。とし子は喉《のど》から絞り出すような声で言った。

「社長が、事故に遭ったんです。詳しいことは分かりません。市民病院に運ばれているんです。私が事務室に来てすぐ、警察から電話がありました。早く病院へ」

行ってくれという言葉を待たず、節子は携帯を切って運転席に滑り込んだ。

ハンドルを握っているあいだは、自分でも驚くほど冷静だった。信号無視も急ブレーキもない。体の内側で、事態をこの目で把握するまでは何も心に入れまいという力が働いていた。緑を濃くしている街路樹の葉も一枚一枚目に入ってくる。節子はただ、病院に運ばれていることの意味を強く思った。喜一郎は生きている。死んではいない。

うねった坂道を抜けた。とし子の言ったとおり、五分で人口二十万弱の地方都市を支える市民病院に着いた。空は朱色を更に濃くして、白い建物全体を染めていた。

総合受付で名前を言うと、すぐに集中治療室のある階へと案内された。フロアのナースセンターから、眼鏡をかけた看護師がひとり出てきた。筋張った手にクリップボードを抱えている。ネームプレートに『主任』とあった。

「幸田喜一郎さんの奥さまですね。ご主人は手術室にいらっしゃいます。詳しい状況などは術後、執刀医が戻ってからご説明申しあげます。こちらでお待ちいただくか、席を外されるときは行き先をおっしゃってください」

大丈夫、という色は見せずに、分かっていることだけを伝えるために微笑《ほほえ》んでいる。その笑みは、これ以上どんな質問にも応《こた》えられませんという意思表示だ。

看護師がナースセンターに入っていくのを見送ると、神経質そうな顔立ちをした男が近づいてきた。男は手帳を見せ、釧路署の者です、と名乗った。警官はマニュアルを読むように節子の名前と妻であることを確認した。

「場所は道道一四二号線なんですが、北太平洋シーサイドラインをご存じですか」

頷くと、私服警官の表情がわずかに和らいだ。

「昆布森《こんぶもり》のあたりに下り坂の急カーブが連続する箇所がありまして。現場は最後のカーブでした。相当なスピードで突っ込んだのではないかと現場からの報告を受けています」

彼は「単独で幸いでした」と言ってしまってから、失言に気付いて唇を歪《ゆが》めた。なにひとつ頭に入ってくる気はしなかったが、喜一郎がどこへ行こうとしていたのかが引っかかっていた。

「すみません、車はどこに向かっていたんですか」

彼が眉間《みけん》に寄せた皺《しわ》は、答えたあとも戻らなかった。

「シーサイドラインを、釧路方面に向かって走っていたようです」

喜一郎は一体どこから帰ってくる途中だったんだろう。

警官は、最後のカーブで土留めのコンクリートに激突したと言った。

取り乱すことなく警官を見送り、節子は携帯電話を使えるブースに入った。奥さん、と言ったきり言葉が出てこないとし子に、手短に状況を伝えた。台本を棒読みしているようだ。とし子も短く返すだけだった。

窓に顔を近づけた。通路や駐車場を照らす街灯が膨らみ始めていた。霧が出てきたらしい。夜の霧に目を凝らしながら、澤木に連絡をすべきかどうか迷っていた。事態を知れば、澤木は必ずやってくる。迷っている理由はそれだけだった。昼間抱き合った男とふたり、雁首《がんくび》並べて夫が手術室から出てくるのを待つのは気が重い。

節子は報《しら》せるべき人間のあまりの少なさに、今さらながら驚いていた。長く標茶《しべちゃ》の病院に入院していた姑《しゅうとめ》は、喜一郎と籍を入れた翌年に死んでいた。新しい妻を葬儀に連れて行くこともせず、喜一郎は骨を骨堂に納めて早々と釧路に戻ってきた。

両親とは、彼が看板屋を閉めてラブホテルを始めた二十年前に縁を切ったと聞いていた。教師の息子が風俗営業など、と言った両親のことを、訃報《ふほう》を聞いた喜一郎は笑いながら話していた。

「俺に美大を断念させた理由が貧乏ってのが笑えるだろう。自分たちは苦労知らずの末っ子同士だったから、甘えることだけは巧《うま》くてな。生活費はちゃんと要求するんだ。看板屋をやめるまで送ったさ。節ちゃんには関係のない人間だ。葬式なんか来なくていいよ」

両親との確執は、新しい商売に反対したという理由だけではないのだろう。親と子の長い思い患《わずら》いは、どちらかが死ぬまで続く。当時は節子も深く訊《たず》ねることはしなかった。

霧は海側から這《は》うように街を移動していた。

三時間後、個室に案内され執刀医の説明を受けた。喉の渇きはひどいが空腹感はなかった。眼鏡の奥に柔和な気配を漂わせ、まだ三十代半ばに見える外科医は、感情のこもらぬ口調で説明を始めた。

外科的な処置は問題ない、と彼は言った。

「頭部を打っていて、顔面と頸椎《けいつい》にかなり損傷を受けてます。肋骨《ろっこつ》はすべて折れてました。あと、鼻骨骨折に関しては後々もういちど形成外科での手術をお勧めします。頬の骨が砕けていて、現在はボルトで固定して眼球をおさえているような状況です。皮膚には今回取りきれなかった細かなガラスの破片も残っていると思います」

医師はわずかな間を置き、意識が戻ればの話ですが、と言った。

「それは、どういうことですか」

ふたりとも、不思議なほど声に抑揚がなかった。

医師は頭部の画像診断フィルムに映る、白い部分を指差した。節子は指された場所に目を凝らす。頭蓋骨《ずがいこつ》が陥没し、脳に受けた衝撃がひどかった部分だという。

数十秒沈黙したあと、もう目覚めることはないということか、と訊ねた。医師は限りなくその可能性が高いと告げたあと、手元のカルテを閉じた。

医師の背後に無表情の看護師が立っていた。さっきナースセンターから出てきた主任だ。節子は、自分が取り乱したときこの女がどんな表情で駆け寄ってくるのか見てみたいと思った。そんなひねくれた心もちで、ようやく自分を保っている。

自分が何を思い、何をすればいいのか分からなかった。医師が指先でペンを回し始めた。節子の視線に気付いて、彼はペンをカルテの上に置いた。胸に抱いたバッグの中で携帯が震え出す。

看護師がバッグに視線を走らせたあと、「集中治療室にご案内します」と言った。廊下に出た。携帯電話を手にして呆然《ぼうぜん》としている澤木の姿があった。彼がスイッチを切ると、バッグの中の振動も終わった。看護師に付き添われている節子を見て早足で近づいてくる。目の前に立ちはだかり「どうして」と澤木が言った。一度頷いたきり、節子も立ち止まったまま彼の目を見た。澤木は我に返った様子でジャケットの胸ポケットから名刺入れを取り出し、主任看護師に一枚差し出した。

「幸田さんの会社の会計事務を担当している者です。僕にできることがあれば、何でも言ってください」

看護師は節子に「構わないですか」と確認したあと、澤木の名刺をクリップボードに挟んだ。

集中治療室に入ることができるのは、身内の者だけだった。消毒済みの上衣とマスク、不織布の帽子を被《かぶ》った姿で、いちばん奥に横たわる喜一郎のベッド脇《わき》に立った。

口や腕、白い布に覆《おお》われた体のあちこちから、命を繋《つな》ぐ管が伸びていた。頭部も顔も大きなガーゼで覆われており、言われなければそれが夫だとは分からない。電子音が途切れなく喜一郎が生きていることを伝えている。

喜一郎はいつも節子より早くに目覚めた。眠っている夫を見るのは久し振りだと思いながら、お父さん、と呼んでみる。

マスクの内側にこもる声が、自分のものという気がしない。喜一郎は苦痛を感じているのだろうか。お父さん。もう一度声に出してみる。

どこに行ってたの——。

本当に訊きたいことは口に出せなかった。喜一郎は眠っている。

いっそう霧の濃くなった駐車場で、澤木の車の助手席に座った。ため息をつくのも億劫《おっくう》だった。澤木がエンジンキーを回すと、ダッシュボードのデジタル時計が十一時を表示した。フロントガラスに触れた霧が、幾筋も水の道を作りワイパーへと流れ落ちる。八月とはいえ夜中となれば気温は二十度に満たない。ふたりが乗り込んだだけで、フロントガラスの内側が曇り始めた。澤木はエアコンのスイッチを入れ、設定温度を上げた。

「幸田が意識を取り戻す可能性は、低いそうです」

「うん」

「警察の人が、場所は昆布森の坂って言ってました」

「夕方のニュースで流れてた。根室か厚岸方面から帰ってくる途中だったのかな。シーサイドラインって、たしかアップダウンのある狭い道だよね。なんであんなところを走っていたんだろう」

「海でも見たかったんじゃないですか」

テレビに流れるほどの事故だったのかと訊ねた。澤木が頷いた。

節子はバッグの中から携帯を取りだした。着信を示す点滅を押す。節子の母親、藤島律子の名前が表示された。着信回数は三回。

澤木が「向こう方面にドライブに出掛けてたのか」と呟いた。

「朝から出たのなら、かなり東に行ってたんだろうな」

それは一日いっぱい車を走らせていれば、の話だろう。節子はフロントガラスに新しくできた水の筋を見つめながら言った。

「厚岸に、昔の愛人がいます」

澤木が黙った。

「一日中パヴァロッティを聴きながら走っていたとは思えません。厚岸で油でも売ってたんでしょう」

そんなことは構わないのだ、と節子は言った。澤木が大きく息を吸い込む。

「幸田が目を覚ます可能性が低いとなれば、先生にお願いしたいことがあります。いいですか」

節子は彼に、喜一郎の一人娘である梢を探してくれるよう頼んだ。今後どうなるか分からぬ状態ならば、ひと目会わせておいた方がいい。行方知れずの娘でも、唯一《ゆいいつ》血の繋がった身内である。

澤木の車から降りた。自分の車まで歩くあいだに、服もバッグもじっとりと湿った。霧は海の匂《にお》いを連れてくる。潮の香りのする首筋や手の甲をハンカチで拭《ぬぐ》い、エンジンキーを回した。澤木の車が駐車場を出て行くのが見えた。

2

翌日、厚岸から出てくると言ってきかない律子を釧路駅まで迎えに出た。一晩中うとうとしては目覚めることを繰り返していたせいで、後頭部に鈍痛が残っている。街には霧が立ちこめており、空を見上げても太陽がどこにあるのか分からなかった。

三度呼び出しても出ない娘の携帯にしびれをきらしたのか、律子は日付が変わる頃事務室に直接電話を掛けてきた。

「あんた、パパさんはどうなってるの。テレビで名前見てすぐ携帯鳴らしたのに、一度も出ないんだから」

最初から娘をなじるばかりで会話は少しも前へ進まなかった。容態を訊《き》きたいのか詫《わ》びを言わせたいのか、おそらくその両方なのだが、感情が先走って優先順位の判断ができないようだった。

のらりくらりと返事をしていると、律子が電話口で怒鳴った。

「とにかく明日の朝七時三十五分の列車でそっちに行くから。駅まで迎えに来て」

昨夜はとし子に次いで律子にまで同じ説明を繰り返す気力が残っていなかった。集中治療室で喜一郎の姿を見れば納得するだろうと思い、節子は母を止めなかった。

駅の入り口付近に車を着けると、到着予定時刻の八時二十四分を過ぎて間もなく律子が現れた。紫色のたらりとしたTシャツに豹柄《ひょうがら》のストールを巻き、黒いスラックス姿だ。あたりを見回しながら自分に向けられている視線の数を気にしている。

背格好は彼女が二十歳で産んだ娘と大きく違わない。節子の顔立ちを母親似という者もいたし、父親にそっくりだという者もいた。親と似ていることがどれだけ重要なのか、父を知らない節子には分からない。

娘を見つけた律子は、急に背筋を伸ばしゆうゆうとした足取りになった。少しでも田舎から出てきたことを悟られまいとすましている様子は滑稽《こっけい》だ。

律子は助手席に滑り込むなり酒に焼けた声で「ご苦労さん」と言った。立体感のない厚化粧に安っぽいイヤリングを付け、指にはありったけの指輪をはめている。中指にあるのは翡翠《ひすい》を小粒のダイヤで取り囲んだものだった。見たことのないデザインだ。

律子がふふんと鼻を鳴らした。

「このあいだお寺の奥さんにお茶に呼ばれてさ。行ってみたら宝石の訪問販売が来てたんだ。住職も、翡翠は五徳を高めるって。デパートの半額で、月賦《げっぷ》にしてくれるっていうもんだから買っちゃった」

助手席でシートベルトを締める母親の、ピンク色の爪《つめ》を見たあと車を出した。

病院に着くまで節子に恨み言を言っていた律子も、集中治療室でガーゼと管だらけの喜一郎を目にしたときはしばらく呆然《ぼうぜん》としていた。節子はすでに、昨日の朝一緒にコーヒーを飲んだ夫の顔をうまく思い出せなくなっている。

「分かったでしょう。これが現実」

律子は娘の言葉など聞こえない様子で、針の刺さる喜一郎の手を握り泣き始めた。

「パパさん、パパさん、目を開けて。お願いだから起きて」

看護師がふたり駆けつけた。患者の手を取りひたすら「パパさん」と繰り返す女を両脇《りょうわき》から挟み込む。主任のバッジをつけた看護師が、この人は誰なのかと節子に訊《たず》ねた。

「母です。私の」

患者の妻の母親。順番どおりに視線を移した看護師ふたりは、途端に無表情になった。

「お母さん、ほかの患者さんの迷惑になるから、とりあえず一度廊下に出て」

母の、ほどよく丸みを帯びた二の腕に手を掛けると、湿った体温が掌《てのひら》に伝わってきた。思いもかけなかった温かみに、咄嗟《とっさ》に手を引く。何の確証もないまま、昨日喜一郎はこの女に会いに行ったのだと思った。

律子が大きなため息とともに廊下のベンチに腰を下ろした。アイラインがよれて下《した》瞼《まぶた》に隈《くま》を作っている。律子は慣れた仕草でナイロンポーチからコンパクトを取り出し、ティッシュで目元を直し始めた。

集中治療室での醜態は厚岸を出るときから予定していたのかもしれなかった。律子には昔からそうしたところがあった。感情や気持ちより、他人からどう見えるかを優先させてしまう。狭い町で客商売をする女の処世術だ。

「あんた、何でそんなに冷静でいられるの」

そうでもないと答えると、律子はふんと鼻を鳴らした。

「昔っから何を考えているのか分からない子だったっけね。妙に冷めてるかと思えばじっと大人を観察してる。扱いにくい子だった。亭主が死ぬか生きるかっていうときにも、そんな能面みたいな顔で突っ立って。少しは悲しそうな顔のひとつも見せりゃいいのに。相変わらず気持ち悪いやつだ」

ベンチに一歩近づいた。もうひとくさり言いかけた律子が、娘の顔を見上げた瞬間言葉を飲み込んだ。母がばつの悪い表情を隠そうともせず、化粧室に行くと言って立ち上がった。視線が同じ高さになると同時に、律子はくるりと背を向け歩き出した。ストレッチのボトムに包まれた尻《しり》だけがやけに生々しい。さっき感じた体温は、肉親というより肉そのものだった。節子は左の掌を見た。

昼までに厚岸に戻りたいという律子を助手席に乗せ、霧にけむる道を東に向かった。節子は国道四四号線ではなく道道一四二号線を選んだ。事故現場を通ることに対するためらいはない。喜一郎が厚岸へ行ったのかどうかを確かめたかった。白樺台《しらかばだい》を抜け、ほどなくして北太平洋シーサイドラインの標識が現れた。厚岸まで三十八キロとある。海に沿った道のはずだが、道の両側のほとんどは林だった。穏やかな風のせいで霧は濃くなったり薄くなったりを繰り返していた。しばらく直線道路が続く。城山のトンネルを抜けると上り坂の急カーブが連続する箇所に出た。昨夜警官から聞いた事故現場だ。

助手席では律子が落ち着かない様子でバッグの中を見たりバックミラーをのぞいたりしている。節子は構わずアクセルを踏んだ。

「スピード出し過ぎじゃないの。それにこの道、昨日パパさんが事故を起こしたところでしょう。あんた、何考えてんの。わざわざこんな道通らなくたって、国道に出ればいいじゃないか」

言い終わらぬうちに事故現場に着いた。節子は車をできるだけ路肩に寄せて停めた。シートベルトを外して運転席のドアを開けると、律子が大きく息を吐き出した。

カーブの右側はコンクリートブロックの土留めで固められている。節子は事故車両が撤去されたあとの現場に近づいた。見るとブロックがいくつも砕けている。車の擦《さっ》過痕《かこん》が続き、路肩の土が大きく削れていた。ふり返り見上げた路面にスリップ痕はなかった。

節子は霧に湿った周囲を見回した。昨日の夕方にこの道を走っていた喜一郎を思い浮かべてみる。シーサイドライン最後の急カーブである。見上げた坂の上には同じようにきついカーブが続いている。

自慢のオーディオシステムには五枚のCDがセットされていたはずだった。パヴァロッティからマリア・カラス、アコースティックギターやピアソラ。喜一郎の趣味はホテルの売り上げを浮かせた金に支えられていた。それをちぐはぐだと思う節子の生活も同じだった。

ブレーキ痕もなく、鹿《しか》も狐《きつね》も見あたらない。ただ生々しい事故の痕が土留めのコンクリート壁に残っている。

反対車線に停めた車を見ると、律子が助手席のドアを開けて煙草《たばこ》を吸っていた。事故現場を見るつもりはないらしい。節子は喜一郎の車が削った土留めをひと撫《な》でして、運転席に戻った。

「気が済んだかい。こんなところに来て何考えてるか知らないけど、お前って女は本当に趣味が悪いよ。悪すぎだ」

「どういう意味、それ」

「亭主が死に損なった現場に来て、泣くでもなくただ突っ立って。お前を見てると気持ち悪くてしょうがない。パパさんもどこが気に入ってたんだか」

シートベルトを締めた。律子がアスファルトに煙草を押しつけ火を消す。吸い殻を路肩に放って助手席のドアを閉めた。一度目は半ドアだった。母が舌打ちをしながらもう一度ドアを閉め直す。律子は運転席を窺《うかが》い見たあと、さっさと車を出せと吐き捨てた。

上り坂の急カーブをいくつか抜けると、海を見下ろす崖《がけ》沿いの道に出た。律子はほっとした様子でフロントガラスや運転席側に広がる景色を眺めている。

厚岸町の標識あたりから、潮の匂《にお》いが濃くなった。東は浜中町、北は標茶町、西は釧路町と接する人口一万人の漁師町だった。南には厚岸湾が深く入りこみ、湖に通じている。山にへばりつくようにして、市街地があった。

節子が幼いころは、お盆前になると街路樹や店の軒先に盆ちょうちんがいくつも提げられたものだが、今はもうそんな時代ではないらしい。橋を挟んで地域の勢いを競い合っていた頃は、まだ町にも活気が残っていた。

節子も律子もこの町で生まれ育った。

幼い頃はまだ少し付き合いの残っていた叔父が、自分と律子は昔網元の子供だったと自慢していた。『すずらん銀座』の女将《ママ》たちから聞かされた話なら、嘘《うそ》も本当も含めてたくさんあった。

律子は町から一歩も出ることなく、二十歳でスナックを開いたという。節子を産んだのもその頃だ。女将のひとりが、商売を始めてすぐの律子が流しの漁船員の子を身ごもったことを教えてくれた。それが節子の父親だという。漁船員が厚岸に居着くことはなかった。まだ子供の節子にそんな話をする女将たちの、男が途切れたときの物《もの》憂《う》げな表情を思い出した。

節子は『すずらん銀座』のなかほどに車を停めて、大きく息を吐き出した。そそくさと助手席を出た律子が振り返り、運転席を覗《のぞ》き込んで言った。

「何年ぶりか忘れちゃったけど、このまま帰したらこっちの気分が悪いからお茶でも飲んで行きなさいよ」

そのまま振り切って車を出すこともできた。しかし節子はエンジンを切り、車を降りた。ひとつ、どうしても確かめたいことがある。喜一郎がもう目覚める見込みがないとすれば、律子に訊かねばならないことだった。

白茶けたプラスチックの看板に黒い文字で『バビアナ』とある。店を出す際にお寺の住職に書いてもらったと聞いた。店の奥は住宅になっており、節子は中学を卒業するまでここで育った。酒と煙草、母を通り過ぎて行った男たちの湿ったにおいがする店に足を踏み入れると、一瞬にして過去に引き戻された。

実家には高校に進学して以来一度も帰っていなかった。高校時代はバイト、澤木の事務所で働いているときは忙しさを理由にして律子を避け続けた。喜一郎と結婚してからは、時折律子が釧路へやってくるようになった。バーゲンに連れて行けと言ってはあれこれと買わされたが、それも年に一度か二度のことだった。

節子は母親が釧路に来ることを、喜一郎に隠したことはなかった。夫はそのたびにいくばくかの金を包む。節子は自分の感情を逆立てないように努めてきた。

「ちょっとは親孝行しなさいよ」が母の誘い文句だ。律子は遠慮のない仕草で金の入った封筒を受け取り、娘の財布をあてにして派手な洋服を買いこんだ。

故郷の街並みは寂れて見る影もなかったが、店内は昔となにひとつ変わっていなかった。ボトルキープ用の棚に、プレートを提げたウイスキーや焼酎《しょうちゅう》が並んでいる。埃《ほこり》の具合からしておおかたが流れて何年もそのままになっているものだろう。

体調を崩したと偽り生活保護を受けていたこともあるが、ときどき頼まれて店を貸したり、煙草と酒を止めていなかったことが民生委員にばれて打ち切られた。

そうした情報はバーゲン会場や昼時に入った蕎麦屋《そばや》などで律子から聞かされていた。カウンターの奥に掛かる藍染《あいぞ》めの長い暖簾《のれん》をくぐると、短い廊下のむこうに六畳二間の部屋がある。奥の間の六畳は十五年前は節子の部屋だった。そこに今はセミダブルベッドが置かれていた。テレビの位置もテーブルも、居間部分はほとんど変わっていない。

節子が部屋に上がって不快に思ったのは、この二部屋の掃除が妙に行き届いていたことだ。男の出入りがあるときはまめに掃除をするのが母の癖だった。相手は短期間で替わった。いちばん長かったのが喜一郎だった。喜一郎と律子は節子が十歳の頃から高校に上がるまで、五、六年深い仲だった。もっともそう言ったのも喜一郎で、律子がどう受け止めていたのか聞いたこともないし、本当のことは分からない。

関わった女といざこざを起こさず、関係が切れた後もなにくれとなく面倒をみるのが喜一郎のやり方だった。かといって焼けぼっくいに火がついて二度三度と関係を繰り返したことはないという。おかしな趣味だと指摘すると、お互いに一度でもいい思いをした女には幸せでいて欲しいと言うのだった。

「金がなくて困ってるって言われたら、そりゃいくらか貸すなりやるなりするさ。俺は女に恨まれるのがいちばん嫌いなんだ。好いた惚《ほ》れたとは別の問題。見返りなんか要らない。そんなの格好悪いだろう」

好いた惚れたで一緒になったつもりはなかった。今まで夫の過去など笑い話のひとつにしか考えていなかった。

喜一郎がパヴァロッティを聴くために長々と一日中ドライブしていたと考える方が無理に思えた。厚岸方面にいる女のところで一服して、夕方めがけて釧路に戻ったとすれば午後四時頃の昆布森での事故もつじつまが合う。

節子はぐるりと茶の間の壁を眺めた。天井と襖《ふすま》のあいだにある小壁には、小学校から中学校までに節子が持ち帰った賞状が何枚も貼《は》ってあった。額に入っていないため、律子や男たちがふかしていた煙草のヤニで茶色く変色している。読書感想文コンクール北海道知事賞、地元新聞社主催の青年文学賞、こども現代詩大賞。賞状を持ち帰ったときだけは母の機嫌が良かった。機嫌がいい分、掌を返す瞬間が怖かった。

当時の節子にとっては、母の機嫌が良くなって少しでもつねられたり叩《たた》かれたりする時間が少なくなれば、それで充分だった。身を守る手段として与えられた褒美《ほうび》が、今も実家の壁に並んでいる。喉《のど》に詰まっていたものが、胃に落ちて行った。

「あんた、このあいだ本出したんだってね。新聞に載ってるってお寺の奥さんから聞いてびっくりしたよ。短歌なんてやってたんだ。小さい頃から文章書くのは好きだったっけね」

沸いた湯をポットに注ぎ入れながら目を細め、くわえ煙草姿の律子が壁の賞状を顎《あご》で示した。目を細めるのは、感情を悟られまいとするときの癖だ。

「自費出版って、安くて百万ぐらいかかるっていうじゃないの。へそくりでもしてたのかい」

「お父さんが出してくれた」

「へぇ。売れてるのかい、その本」

「売るようなもんじゃない。あちこちに配って終わり」

「なんだ、パッとしない話だね。だけどなんで釧路出身ってことになってるのさ。新聞記事見たお寺の奥さんが、厚岸の間違いじゃないかって新聞社に電話かけたそうだよ。そしたら担当記者だかが出て、釧路出身に間違いないですって言われたんだって。ご本人に確認してるなんて言ったって、そのご本人が嘘ついてるとは思わないのかね。しかしパパさんも若い嫁の道楽に付き合って大変だ」

律子は歌うように言うと、ティーバッグを入れたマグカップにお湯を注いだ。

「部屋、ずいぶん片付いているじゃない。誰かいい人でもいるの」

「まさか」

ちらりと娘の手元を見たあと、律子は湿った声で笑い、大きなため息をひとつ吐いた。

「もうそんな気力も体力もないよ。男はこりごり。この不景気に金のある男なんて、ろくなことしてないもの。危ないやつは願い下げだ」

「じゃあどうしてこの部屋、こんなに片付いてるの」

「あんた、しばらく会わないあいだにずいぶんしつこくなったね。嫌な物言いも、パパさんがあんなことになったせいだと思って聞き流すから、それ以上詮索《せんさく》するのはやめな」

「詮索されて困るようなことでもあるの」

母は眉《まゆ》も口元も歪《ゆが》ませながら、これ以上嫌なことはないという表情になった。舌打ちを煙草でごまかしている。

「そんなことより、あんたパパさんが死んだらどうするつもりなのさ」

言葉に詰まった。テーブルを挟んだ節子の方へ、律子が身を乗り出してきた。目を細めている。薄い唇がゆっくりと開いた。

「あのホテルもかなり古いんだろう。お前ひとりでやっていくなんてのは、無理なのと違うかい」

「何が言いたいの」

だからさ、と律子は声を落とした。

「金に換えて身軽になることを考えたほうがいいってことさ。このご時世に先行き暗い商売なんかやっているより、そっちの方がずっと賢いんじゃないかってことだよ。親なら誰でも心配するよ。たったひとりしかいない娘なんだからさ。ほら、何とかっていう税理士に相談してごらんよ。あんたのコレだろ」

律子がひょいと親指を立ててみせた。

直後、それまで頬も口角も上がっていた母の顔色が変わった。視線は険しく寄った娘の眉間《みけん》に据えられ、唇が半開きになった。節子は二度深呼吸をした。喜一郎は、今でもこの女と続いていたのだ。律子も覚悟を決めた風で、新しい煙草に火を点《つ》けた。

「お父さん、昨日ここに来てたんだね」

「だったらどうだって。いいじゃないの、古いつき合いの男と女だもん。お前にどう言われる筋合いの話じゃないだろう。こっちからは黙っててやったんだから礼のひとつも言って欲しいもんだ。パパさんくらいになるとね、若い女じゃ行き届かない隙間《すきま》ってのがあるんだ。あたしはそこをちょっと埋めてあげただけだ。お前だって別口とよろしくやってるんだ。パパさんのことあれこれ言える立場じゃないだろう。あたしに目くじら立てるのはお門違いだってこと、さっさと気付け、このばか」

いつからなのかという問いに、律子は顎をしゃくって歌うように呟《つぶや》いた。

「切れたことなんか、一度もなかったさ」

澤木との関係と、喜一郎自身が律子と切れていなかったことは、果たして相殺《そうさい》できるのかどうか。ひとの気持ちに相殺などというものがあるのかどうか、考えた。

律子は煙草をくわえ、ガスの切れかけたライターに苛《いら》ついている。節子は立ち上がり、母を見下ろした。ピンク色の爪にメンソールを挟み、その目がちらと節子を見上げた。怯《おび》えて揺れるまなざしに向かって、節子は優しく微笑《ほほえ》んだ。

「幸田喜一郎が死んで困るのは、私よりお母さんの方じゃないの」

そう考えれば慌《あわ》てて病院を訪れた理由も納得できた。喜一郎の意識が戻らないときのことを、厚岸に着くまでのあいだ頭が割れるほど考えたに違いなかった。考えて考え抜いた末に出した答えが娘の懐柔なら、その努力だけは認めねばならない。節子は息を吐いた。考えてみれば、どれほど気に障《さわ》ることを言っても、母はもう自分を痛めつけたりしない。考え得る言葉を全《すべ》て使って罵倒《ばとう》されても、自分はもう傷などつかない。幸田節子はもうこの母を欲してなどいない。生まれてから一度も、欲したことなどなかった。

目を覚まさないことに決めた喜一郎が羨《うらや》ましかった。眠りの底は夢の国だ。誰にも邪魔されることなく、存分にひとりの世界を楽しめる。

ただの一度も、幸田喜一郎を愛したことなどないと思っていた。金で誘われ、金によって繋《つな》がっていると信じていた。手元に都合のいい男がいれば隙間は簡単に埋められるし、何をしても心が痛むことはない。

心が痛むとは、一体どんなことだったろう。

「そんなだから男にいいようにされるんだ。お前のやってることなんか、置屋の使いっ走りみたいなもんだ。このばか、さっさと帰れ」

律子がテーブルの上にライターを放った。

＊

澤木は幸田梢の行方を捜すため、まず彼女の実母を訪ねることにした。離婚の際に保証人の欄に名前を貸したことが唯一《ゆいいつ》の手がかりだった。六年前、喜一郎は澤木の事務所で離婚届を書いた。コピーがどこかに残っているはずだ。当時の書類ファイルを片っ端からめくった。

「先生、何をお探しですか」

木田聡子が、この忙しいときに、と呟く。離婚届だと答えた。

「離婚届より先に婚姻届を探してくださいよ」

木田は澤木の机の上にあった未済の書類を自分の机に移した。一時間近くファイルをひっくり返してようやくコピーを見つけた。

石黒美樹《いしぐろみき》。幸田喜一郎の二番目の妻の名を確かめる。住所は浪花《なにわ》町にある一軒家のようだ。実家かもしれない。再婚しているにせよ、生みの母が娘の居所を知らないというのはよほどのことだろう。そこまで考えて、ふと不安になり木田に訊《たず》ねてみた。

「娘が母親に自分の居所を報《しら》せていない確率って、どのくらいだと思う？」

「離婚届の次は母と娘ですか。何に首を突っ込んでるか知りませんけど、確率の問題じゃないと思いますよ」

「父親にも母親にも居所を報せないなんてこと、二十歳《はたち》の小娘にできることかな」

「先生の考えは常識的過ぎます。健全っていえば聞こえはいいですけど。二十歳の小娘だからこそ肉親なんかと連絡取らなくても平気ってこと、あるんじゃないですか」

木田は九十歳になる寝たきりの母親の世話をしながら働いている。

「私、六十になりますけど、親と連絡取らないで済むならいくらでも働きますよ。自分のためにお給料を使えるなら、どこでも行きますね。どこかないですか、そんなところ」

「うちの給料じゃ足りないのかい」

「そうは言ってないです。家に帰れば仕事よりきつい環境が待ってるというのは、どんな人間の気持ちもひねくれさせると思うだけですよ。親だの子だの言ってられないくらいにね」

二十代後半から脳梗塞《のうこうそく》の父親の介護、終わったとたん母親の介護が始まった彼女は一度も結婚していない。つまらない質問をしたことを詫《わ》び、澤木は受話器を持ち上げ一か八か石黒美樹の実家と思われるナンバーを押した。

電話に出たのは石黒美樹の兄だった。「あんた、誰」と嗄《しゃが》れた声で訊ねられたあと、事情を話し妹の連絡先を聞き出すまでにしばらくかかった。

「幸田さん、残念だったねぇ。性格はいいけど女癖はどうしようもなかったたっけね。なんまんだぶなんまんだぶ」

電話を切る頃、彼のなかで喜一郎は既に死んだことになっていた。意識不明の重体と何度も繰り返すのが面倒で、澤木は礼を言って受話器を置いた。

梢の母親は既に再婚して、柳町に住んでいた。携帯番号をメモしたものの、こちらが復唱するたびに兄がナンバーを訂正したことを考えると、呼び出すにも少し勇気が必要だった。梢に辿《たど》り着くのは一体いつになるだろうと空を仰ぎたい気分でメモの数字を押した。

「梢の連絡先を聞いてどうするんですか」

石黒美樹は、受け取った慰謝料は娘との手切れ金だったと言った。

「私にはもう関係のない人たちなんです。あの人が死のうが生きようが、どうでもいいです。死んでも連絡はしないでください。梢も同じ気持ちじゃないですか」

「あなたは関係ないかもしれないが、梢さんは血が繋がってるんですよ。後悔されることになりませんか」

「あの子にそんな情緒が育っていれば、捨てた意味もあるでしょうよ」

彼女はさんざん毒づいたあと、ようやく「妹なら知ってるかもしれない」と言った。末広でカクテルバーをやっているという。澤木はメモに『しずく』と記し、下にイシグロカナ、と書き込んだ。電話番号は店のものだった。

「お電話ありがとうございます、カクテルバー『しずく』は午後六時開店です。今夜もお待ち申しあげております」。アナウンスの声が姉に似ていた。

半年前に経営相談を受けた水産会社の社長から電話が入ったのが昼時だった。

「今月いっぱいで工場を閉鎖することに決めました。手続きの相談で、またご面倒をかけることになるけどよろしく頼みます」

理由は聞かずとも分かっている。頼みの綱の息子が、採算の合わない商売に見切りをつけたのだ。古い体質の町工場だった。原材料の高騰《こうとう》や人件費を考えると、働けば働くほど生産者側が自分の首を絞めるという悪循環ができ上がっていた。相談された際に、そういった試算をしたのは澤木である。

半年前、社長は、大手ディスカウントメーカーから声が掛かったがどうしたらよいかという相談にやってきた。

「このクライアントと契約したら、心臓まで取られますよ」

製造業者の足下を見るやり方に怒りを覚えたが、そうした会社につけ込まれるのも、どんな依頼でも飛びつきたくなるような売り上げしかないせいだ。リストラされた息子が親の元に帰ってきたのもちょうどその頃だった。

息子が来れば立て直せると信じた社長は、契約していたスーパーが買いたたきを始めた頃に一旦《いったん》澤木が出した提案をはねのけた。工場閉鎖はある程度予測できた結果だった。

木田が昼食時のお茶を淹《い》れ始めた。思い立って自宅部屋に戻り節子の携帯を鳴らした。コール音三度で節子が出た。

「ちゃんと眠ったかい」

梢の叔母まで辿り着き、今夜中に『しずく』を訪ねるつもりであることを伝えた。

「ありがとう、先生。私の方は大丈夫。今朝実家の母が病院に見舞いに来てくれて、今送ってきたところ。これから釧路に戻ります」

風の音が時折声を途切れさせた。戸外にいるようだ。

「そういえば、実家は厚岸だったね」

「言ったことありましたっけ」

「履歴書にそう書いてあったろう。そうか、運転ができるなら心配ないな。市民病院の診断書が取れしだい保険の手続きも進めるから、あなたは面倒なことあまり考えなくていいよ」

節子が、今どこにいると思うと訊ねた。厚岸でしょうと答えると、厚岸のどこだと問うてくる。

「分からないよ」

海にいる、と節子は言った。ひときわ明るい声になった。澤木は薄暗い室内のどこに視線を定めればいいのか分からなくなった。次に自分が何を言うべきなのか、迷った。澤木の戸惑いが伝わったらしい。節子が笑い出した。

「大丈夫。変なこと考えてない。ただの浜です。小さい頃よく遊んだんです。うちの母って男出入りがひどくて、男が家に上がってるときはいつもここで遊んでたんです。子供の足で家から二十分くらいのところにあるんだけど、三時間くらいひとりで砂遊びして戻ると、帰ってくるのが早いって怒られるの」

「海、好きだったっけ」

「好きとか嫌いで考えたことなかったな。改めて見ると、すごくきれいでびっくりしてます」

「そうか。今度案内してもらおうかな」

「私ね、ちっちゃい頃ここで散骨している人を見たことがあるんです。ご主人を亡《な》くしたお婆《ばあ》ちゃんでしたけど。自分の骨は誰が海に撒《ま》いてくれるんだろうって心配してた。自分には子供も友達もいないって言ってました。私のときは、先生にお願いしたいな」

「早く、帰っておいで」としか答えられなかった。節子の妙な明るさが、余計に澤木の気持ちを暗い予感へと誘っている。

「あのね先生、私ずっと、この浜の向こうはアメリカだって信じてた」

「アメリカ？」

「うん、アメリカ。子供の頃友達と一緒にここに来たとき、誰かが海の向こうはアメリカなんだって言い出して。大きな大陸だからここから見えるはずだって。誰も湾の向こう側になんか行ったことなかったから、みんないっぺんで信じちゃった」

節子は深く窪《くぼ》んだ厚岸湾の向こう、尻羽岬《しりっぱ》へと続くなだらかな対岸の景色を饒舌《じょうぜつ》に説明した。アメリカではないらしいと気付いたのがいつなのか覚えていないと言ってひとりでけらけらと笑っている。

「俺も似たようなもんだ。高台にあるテレビ塔をずっと東京タワーだって信じてた」

澤木は数秒の間をおいて、とにかく気をつけて帰ってきてください、と言った。二度も同じ言葉を口に出す照れを、丁寧な言葉でごまかした。

その夜澤木は開店時刻に『しずく』を訪ねた。一杯くらい飲まないと悪いと思い、車は置いて出た。『しずく』は繁華街のはずれにある、ひっそりとしたカクテルバーだった。店内がL字型になっているせいで、中に入ると意外と広く感じる。

黒地に小花を散らした着物姿のママが、バーテンダーにシェイカーを振らせていた。石黒加奈を見た瞬間、幸田喜一郎と彼女の関係を想像した。

カウンター越しに名刺を渡した。彼女もひとまわり小さな名刺を出した。店の住所と電話番号、メールアドレスが記されている。

幸田喜一郎の状況を手短に説明したあと、梢の居場所を訊《き》いた。

「梢ちゃん、一年くらい前にここを手伝ってもらってたんだけど、おかしな友達を連れてくるので辞めてもらったの。子供の来るところじゃないのよって言ったんだけど、分かってもらえなかったみたいで」

「連絡先、分かりませんか」

石黒加奈は帯に挟んだ携帯電話を取り出し、「これがいちばん新しいはずなんだけど」と言って、発信ボタンを押した。数秒で、石黒加奈が首を横に振った。番号は既に変わっているようだった。

「どこに住んでいるのか、分かりませんか」

「引っ越したようなんです。喜一郎さん、そんなにひどい状況なんですか」

「昏睡《こんすい》状態が続いています。梢さんを探して欲しいと言ったのは、今の奥さんです」

「お若い方でしたよね。歌人だって伺いました。先月歌集を出されたんじゃなかったかしら」

「よくご存じですね」

「街の話題は隅から隅まで。これが私の仕事ですから」

　幸田喜一郎がなぜ妹のほうと結婚しなかったのか不思議だった。姉より妹の方が賢かったのだろうと澤木は思った。喜一郎の足跡がうっすらと見えるたびに、自分と節子の関係が澄んでいくような気がした。罪悪感など持ったこともないのに、気付けば体の内奥《ないおう》に目をそむけたくなるような澱《おり》が溜《た》まっている。

　店のオリジナルという、白州をベースにしたカクテルを一杯飲んで、『しずく』を出た。週末の夏祭りを前にして、電線には色とりどりの行灯《あんどん》がぶら下がっている。澤木は湿った夜気に包まれながら、石黒加奈が教えてくれた、梢のバイト先に向かった。

繁華街から少し離れた、高台にあるファストフード店だった。歩いて三十分というところだろう。酒を醒《さ》ますにはちょうど良い距離だ。

「まだ働いていてくれればいいんだけど」

澤木もそう願った。

＊

夕方、節子が主任看護師から経過報告を受けて集中治療室の前に戻ると、佐野倫子が立っていた。倫子の傍らにはまゆみがいる。長袖《ながそで》のTシャツにジーンズ姿だった。倫子もニットのトップスにパーカーとジーンズという、カジュアルな服装だ。節子を見つけると駆け寄ってきた。

「ニュース見ました。半日くらい迷ったんですけど、思い切って会社にお電話したら、こちらだと聞いたんです」

会社というのは『ローヤル』の事務室のことだろう。いつの間にか『サビタ短歌会』は脳裏の奥へと追いやられていた。何と言っていいのか、と倫子の視線が床に落ちる。翌日に飛んできてもらうほど佐野倫子と親しいつもりはなかった。

「昨日、佐野さんとお別れした後に知ったんです。まだ何があったのかよく分からないままで、何も考えることができないんです」

倫子の瞳《ひとみ》が潤《うる》み始めた。泣くにはうってつけの場面だ。倫子はいつも泣いてしかるべき場面で実にうまく涙をこぼす。短歌会主宰者の加賀が古希を迎えたお祝いの席でも、歌人仲間が病死したときもそうだった。倫子が涙を流すだけで、その場の主役は彼女になった。

「目立った変化がなければあと二日か三日で集中治療室から出られるようです。このとおりなんで、来月の例会でお会いできるかどうか分からないけど」

倫子の瞳が大きく開いた。口の悪い会員が「あれはせっかく浮かべた涙を長く落とさないようにするためだ」と言っているのを聞いたことがある。

節子はかくりと頭を下げた。

「ご心配いただいて、ありがとうございます」

倫子は大げさに首を振り、まゆみを前に押し出した。

「この子が節子さんを励ましてさしあげたいって」

いつの間にか下の名前で呼ばれている。こうした方法で人の懐《ふところ》に入ってくる人間を、節子は知らない。ぐいと顎《あご》を上げて節子を見上げているまゆみは、演技とは思えないほど澄んだ目をしていた。

「ありがとう、まゆみちゃん。おばちゃんは大丈夫です」

ビーバーの歯がにょっきりと現れた。ちいさな体に大小の痣《あざ》を作りながら身につけた笑顔なら、この先何があっても大丈夫だろう。秘訣《ひけつ》は「見破られないよう、相手が視線を逸《そ》らすまで笑い続ける」ことだ。教えるまでもなく、まゆみの笑顔は節子の幼いころより出来がいい。

倫子は「何かあったらいつでも声を掛けて欲しい」と言って節子の手を取った。律子の体温とはまた別の、湿った女の温《ぬく》もりだった。いつもの倫子を真似《まね》て、唇を一文字にして目を細め微笑《ほほえ》んだ。やってみると案外簡単なものだ。

帰り際《ぎわ》、エレベーターに乗り込んだ倫子の手を放し、まゆみが走り寄ってきた。エレベーターのドアから五、六メートル離れた待合いフロアの壁に背をつけていた節子は、しゃがんで目の高さを合わせた。倫子が開閉ボタンを押しながら、声高く二度娘の名前を呼んだ。まゆみは節子のそばまで来ると、またあの大きな目を見開いて言った。

「お母さんと、お話ししてあげてください」

エレベーターの内側にいる倫子を見た。声が届く距離ではなかった。なぜそんなことを言うのかと問うてみる。まゆみは答えなかった。少女の目には光が満ちて、懸命にこちらの内奥をのぞき込もうとしているようだった。

面倒だった。気持ちの芯《しん》まで母親につねられているのかどうかを確かめたところで、まゆみの明日が変わるわけでもない。声を落とし耳元で囁《ささや》いた。

「お話しするのは簡単だけど、楽しいとは思えない。私にそれを頼むなら、あなたがもっと狡《ずる》い子にならなくちゃ無理。私、いい子は苦手なの。ずっといい子になれなかったし、これから先もなる気がないから」

まゆみは節子の背後の壁に数秒視線を投げたあと頷《うなず》いた。通じていてもいなくても構わなかった。エレベーターにまゆみを乗せ、不安げな倫子と視線を合わせた。

「がんばって、って。優しくていい子ね。今日は本当にありがとうございました」

倫子がドアの開閉ボタンから指を離した。一拍置いてドアが閉まった。待合いフロアの窓を見る。霧に濡《ぬ》れた街に夕暮れが近づいていた。とし子から定時連絡が入った。

「日中は特別ご報告するようなことはありませんでした。パートさんたちも冷静に仕事をしています。月末までは何とかこの調子でいけると思います」

しばらくのあいだホテルは全面的にとし子に任せることにしてあった。週末には祭りが始まるが、とし子なら上手《うま》く采配《さいはい》できる。喜一郎の意識が回復する見込みのないことを、まだ彼女に伝えていなかった。伝えるときは、彼女が今後の身の振り方を考えねばならないときでもある。

携帯電話に澤木からの着信記録があった。節子は携帯電話使用ブースに入り彼を呼んだ。病院にいると伝えると、すぐに行くからと言う。澤木の事務所から病院までは車で五分もかからない。少し迷いながら一階のロビーで待っていると告げた。

帰宅することをナースセンターにいた主任に告げた。センター内で作業していた看護師が節子に会釈《えしゃく》をした。

一階に下りると、澤木が正面玄関から入ってくるところだった。一般診療は午後四時で終わっており、ロビーは病棟へ急ぐ看護師数名が通り過ぎるほか、数人の人影があるだけだ。売店の陰から現れた節子を見つけ、澤木が軽く右手を挙げた。昨日と同じ服装だった。

自分たちが抱き合っていた頃、喜一郎と律子も海辺の町で似たような時間を過ごしていたと思うと笑いたくなる。食事をして、抱き合って、みな黒々とした平和を楽しんでいた。喜一郎が眠りの国へ行かなければ、誰もが知らんぷりできたはずだった。

節子が夫に対して恨み言があるとしたら、ひとりで呑気《のんき》に眠りこけていることくらいだろう。

「梢さん、あんまりいい暮らししてないな」という言葉にうなずく。

澤木が自販機から紙コップ入りのココアをふたつ手にして、ベンチに座った。甘い飲み物を欲するのは、彼が相当疲れているせいだ。澤木のいう「いい暮らし」がどんな生活を指すのか想像しながら、節子はコップを受け取った。

座ったベンチの端に、忘れものか落としものか片方だけベビーソックスがあった。白いリボンの先にピンク色のポンポンがついている。触れてみたい心もちに、澤木が語りかけた。

「一体何で食いつないでいるのか分からない。住んでるのは駅裏の奥まった場所にあるアパートで、二十歳の女の子のひとり暮らしに向いている場所でもなさそうだ。どのくらい荒れてるのか、想像つくだろ」

「さっぱり」

澤木は苦笑いをしながら、バイトも去年の暮れに辞めている、と言った。

「クビだったようだ。ちょっと手癖が悪かったらしいんだな。家にいるときは、そういうことなかったの」

「あったかもしれないけど、どうせ幸田の財布からでしょう」

「ファストフードのアルバイト店員専用のロッカーって、二、三人で共用なんだそうだ。同じロッカーの子の財布から千円二千円って、ちょっとずつなくなることが続いてたらしい。被害に遭っていないのが彼女だけで、必然的に疑いがかかるわけだ。そろそろ問いただしてみようってことになったとき、彼女の財布がまるごとなくなった」

澤木がコップを持っていない左掌《ひだりて》をぱっと上に向けて開いた。こんな話をおもしろおかしく聞けるのも、はなから梢のことを娘などと思っていないからだ。節子はココアを飲みながら継子《ままこ》の近況を聞いた。

「その財布、出てきた？」

「二日くらいさんざん騒いで、ほとぼりが冷めた半月後、なくしたはずの財布を持っているところをバイト仲間に見つかったらしい」

「頭がいい子と思ったことはなかったけど、それほどだったとは驚き」

「アパートを突き止めたまでは良かったんだが、近所に住む大家の話だとここ三日くらい部屋に灯りがついてないらしいんだ。新聞も取ってないようだし、手紙の類《たぐい》が来る生活でもなさそうで、玄関周りはおとなしいもんだったよ。頼みの綱の叔母も彼女の新しい携帯番号を知らないときてる。仕方ないから、名刺に俺の携帯番号と幸田さんの事故のことを書いて郵便受けに落としてきた。時間を見つけて訪ねてみるけど、連絡待ちってことになりそうだ」

それで良かったか、と彼が訊いた。節子は頷いて礼を言った。引き寄せて手にのせたベビーソックスに、赤ん坊の温もりは残っていなかった。佐野まゆみの瞳を思い出した。今頃また、本人にはどうしようもない理由でつねられているのだろうか。別れ際に囁いた言葉の意味が分かるまで、一体どのくらい痛い思いをするだろう。節子はベビーソックスを元の場所に放り、澤木の横顔に向かって言った。

「なんだか疲れた。ちょっと抱いてくれませんか」

澤木は飲み干したココアのコップをベンチに置き、両手で顔を覆《おお》った。こんな沈黙も、澤木が相手だと気まずくはなかった。

「俺、そんなにタフだと思われてるの」

「じゃないと思ってるなら、別にいいです」

澤木は乾いた笑いとともにベンチから立ち上がると、節子のコップをもぎ取り自分が使ったものと重ねてゴミ箱に放った。

「タフになりましょう」

ふたりは正面玄関に向かって歩きだした。

面倒見の良い木田聡子も、さすがにベッドのシーツまでは交換してくれないようだ。冷たいのは澤木がシーツ交換を怠っているからなのか、それとも窓の隙間《すきま》から入りこむ霧のせいなのか。ベッドに崩れたあとは、そんなことはどうでも良くなった。もつれるように重なり合った。

昨日とは違う男と肌を合わせているみたいだ。肺いっぱいに彼の匂《にお》いを溜《た》めた。背後から乳房を摑《つか》む掌が微《かす》かな怒りを放って、男の動きが止まった。澤木が上り坂の途中で快楽を放棄した。

「きみが思うほど、タフにはなれない」

節子が体を捻《ひね》ってひとりシーツに沈んだ。ふたりの結び目はあっさりと解《ほど》けた。

身繕いを整え寝室から出ようとした節子の背後で、澤木が「悪い夢をみそうだ」と呟《つぶや》いた。今、ふわふわとしたいい夢をみているのは喜一郎だけだ。節子は無意識に笑っていた。お互いさま、という言葉をのみ込む。

車のエンジンを掛けてようやく、節子は病院のロビーで澤木を誘ってから自分がひとことも話していないことに気付いた。

3

『コーポラスたちばな』というのが梢の住むアパートの名だった。道路を挟んだ駐車禁止区域外の路上に車を停めて、澤木の後ろをついて行く。梢から連絡があった、という報《しら》せを受けたのは事故から二日後、八月四日の朝だった。

「非常識とか、そういう概念がないようだよ、彼女。普通、名刺見たからって午前三時に携帯鳴らすかな」

「父親のことが心配だったんじゃないですか」

「いや、そんな風じゃなかった」

どんな風かと問うと、澤木はため息混じりに首を振った。

「もしも父親が死んだら、遺産はどうなるのか教えろときたよ。別れた母親にはどのくらい行くのか、その亭主はどうなのか。そして自分にはどのくらい取り分があるのか。俺、夜中の三時に二十歳《はたち》の娘に、そんなことよりまず入院先を訊《き》きなさいよって言いましたよ」

澤木の口から説教めいた言葉が出たのも、アルバイト先での一件があるからだろう。節子はこうした澤木の性格をとても好ましく思いながら、同時に疎《うと》ましく感じてもいる。彼がときおり見せる健《すこ》やかさは、いつも節子の内部にあるやましさを刺激する。澤木と一緒にいるときの節子は、常に丸腰と同じだった。

『コーポラスたちばな』は、古くから駅裏と呼ばれる鉄北地区の住宅街にあった。駅裏通りから狭い私道を入ったところにある、駐車場もない袋小路の土地に建っていた。たしかに澤木が言うように二十歳の女がひとりで住むには物騒な場所だった。

一階と二階に二つずつ部屋があった。入居者がいるのは二階だけのようだ。寒々とした。ブルーグレーの外壁に、白いペンキでアパート名が書かれている。見上げると表通りの電信柱からひとつふたつと屋根を経由して何本もの電線が引き込まれていた。空は今にも雨が落ちてきそうな黒々とした雲に覆《おお》われている。

澤木が指差す方を見た。二階の奥が梢の部屋だという。錆《さ》びた鉄製の階段を上ると、手前の部屋の玄関口付近から妙なにおいが漂ってきた。先を歩いていた澤木が「ホルモン焼きだな、これは」と呟《つぶや》いた。腕の時計は午後一時を指していた。梢が、来るなら午後にしてくれと言ったらしい。

「俺を夜中の三時に起こしておいて、昼まで寝てるってのはどういう神経だ。病院には行かないのかと訊けば、意識不明じゃ行ったたって仕方ないだろうって。いい根性してるよ、まったく」

呼び鈴を押した。扉の向こうからこもった電子音が漏れてくる。二度目を押して数十秒待った。こちらに帰る気配がないことを察したのか、ドアが開いた。節子はすかさずドアを肩口で留めた。

「おはよう、久し振り」

玄関先で長い髪をだらりと垂らしたまま舌打ちをした梢は、節子と澤木を交互に見比べ、嫌な顔を隠そうともせず顎《あご》をしゃくった。二年ぶりに会った継母《ままはは》への挨拶《あいさつ》のつもりらしい。

「パパに付き添わなくていいわけ、嫁なのに」

「集中治療室にいるの。付き添いたくても無理。お父さんのお見舞いには行かないつもり？」

「行ったって、寝てる顔を見るだけでしょう。意識が戻ったら行くってば」

「戻らない可能性の方が高いってことは聞いたでしょう」

梢はちらと澤木に視線を走らせた。グレーのスエットの上下をだらしなく着込んだ梢の背後から、スパイシーな匂《にお》いが漂ってくる。知らぬ者ならお香と勘違いしたかもしれない。

節子の脳裏に二十年以上前に実家に出入りしていた若い男の顔が浮かんだ。律子がまだ喜一郎と出会う前のことだ。少年のような顔立ちをした男だった。

男が来るたび、家の中に嗅《か》ぎ慣れない香りが漂った。それが大麻だと知ったのは、彼から芋づる式に何人もの地元高校生が大麻取締法違反で捕まってからだ。人口一万人の町で起こった、珍しく大きな事件だった。律子も事情聴取を受けたはずだが、立件はされなかった。どうやって切り抜けたのか小路の女将《マ マ》たちがしばらく噂《うわさ》をしていた。夜の女たちはあけすけな言葉でまだ小学校二、三年の節子から体を使ったのかどうか訊きだそうとした。そのたびに節子は彼女たちをきつく睨《にら》んだ。

「こんなところで立ち話をするために来たわけじゃないんだけど」

梢はしぶしぶ節子と澤木をアパートの部屋に入れた。玄関に入るとにおいは一層きつくなった。住んでいる本人はまったく気にしていないようだ。

玄関側に小さな台所とトイレ、ユニットバスが付いており、奥にパイプベッドがあるきりだった。突き当たりにある一間窓は、開けると隣の外壁に手が届きそうだ。陽当たり云々《うんぬん》というより、昼間でも蛍光灯をつけなければならないような部屋だった。

「ここ、家賃いくらなの」

「三万五千円」

どうやって払っているのかと問うと、詮索《せんさく》するなと嚙《か》みついてくる。窓にはオレンジ色のカーテンが掛かっていた。丈が長すぎて床に布地の裾《すそ》が溜《た》まっている。着替えなどは部屋の隅にある脱衣カゴに積み重ねられていた。畳まれてはいない。自分で洗濯をしていることに驚くと、梢は露骨に嫌そうな顔をした。

不思議なことに男の気配はない。テレビもオーディオも見あたらなかった。アルバイトをクビになって半年以上経《た》つというのに、一体どこから収入を得ているのか澤木でなくても問いたくなる。梢はベッドの上に腰を下ろし、ふてた調子でまた顎をしゃくった。

「立ってないでそのへんに座れば」

節子がベッドから一メートルほど離れた場所に正座すると、続いて澤木も隣に胡座《あぐら》をかいた。

梢はベッドの下にあったデコ細工で無駄に光る煙草《たばこ》ケースから一本抜き取ると、慣れた仕草で火を点《つ》けた。部屋のにおいがきつくなり、澤木もそれが普通の煙草ではないことに気付いたようだった。

梢は澤木に煙草を奪われ、目尻《めじり》をつりあげた。

「何するんだよ。馬鹿《ばか》じゃねぇのお前。これ一本いくらすると思ってんだよ。モノの価値の分かんないヤツがいい格好するんじゃねぇよ」

澤木がケースの下にあった灰皿で煙草をもみ消した。

「こんなときに留置場に入っているほど、あんたも暇じゃないだろう」

通報したらすぐ警察が飛んでくる、という言葉に梢の顔つきが変わった。親が死ぬことは想像できなくても、警察という言葉には現実味があるようだ。節子は立ち上がり、ベッドで両脚を投げ出している継子を見下ろした。

唇をひん曲げて敵意を露《あら》わにしている。似合いもしないのにやたらと髪を伸ばしたがるのも、荒れた生活でできる頬と顎の吹き出物も、反抗するのは自分のせいじゃないことを主張する三白眼も、夜の街で働くには器量が足りないところも、何も変わっていなかった。多少は男の味を覚えたかもしれないが、肝が据わるほどの経験はない。精一杯節子を睨んでいるのがその証拠だった。睨めばなんとかなると思っているのは、自分の見てくれを客観視できていないせいだろう。

「何さあんた。なんか言いたいことがあるなら言いなさいよ。気持ち悪い女。全然変わってない。私が何言ってもへらへら笑ってんの。どうせ金目当てでパパと一緒になったくせに。あんたみたいなのを淫売《いんばい》って言うんだ」

「ずいぶん難しい言葉を知ってるじゃないの」

節子は梢を見下ろし、彼女が嫌がっているいやらしいほど静かな笑みを浮かべた。

「言いたいことは全部言った？　言ったなら次は私の番ってことでいいかな」

梢の眼差《まなざ》しが宙を泳ぎ始める。見開いた目を充血させ四肢を縮めた。優しく、囁《ささや》くように言った。

「その悪い頭をフル回転させて、よく考えてね。このにおいが質《たち》の悪い大麻だってことくらい分かってる。警察を呼んでしょっ引かれるのがあんたひとりなら、そう怖いこともないでしょ。初犯で執行猶予《ゆうよ》、すぐ釈放だもんね。だけど、無事にこの部屋に帰ってこられる可能性ってどのくらいあるか分かってるの。みんな、放っておいてくれるほど優しかったらいいんだけど」

後ろに、金のない女にハッパを嚙ませるくらいの男なり組織があるはずだった。梢の震えは一層激しくなった。節子は震える小娘を見下ろしたまま黙った。背後で携帯を取り出す気配がした。梢の視線が澤木へと移る。どこへ連絡するつもりか、必死で窺《うかが》っている。節子は低い声で梢の眉間《みけん》に向かって怒鳴った。

「さっさと着替えて死にかけている父親の顔を見な。話はそれからだ」

集中治療室に横たわる喜一郎を見た梢は、父親の手に触れることもできず、その場に崩れた。どこかで見たことのある演技だった。この小娘に、顔色も変えずにいられるような肝や度胸を期待していたわけではない。継子が想像どおりの小者であることが分かれば充分だった。

節子はひと足先に廊下に出た。窓の外を見ていた澤木が振り返った。節子が微笑《ほほえ》んでも彼の表情は硬いままだった。

「やってることはまともそうに見えるけど、正直俺は節ちゃんが何を考えてどこに向かっているのか分からない」

「あの子を探し出してくれて、ありがとうございます」

「彼女を、どうしたい」

「別に、父親が生きてるうちに会わせてあげたかっただけです」

澤木はいかにも不快そうな表情で節子から目を逸《そ》らした。

梢が廊下に出てきた。毒が抜けている。すがるような目で窓辺のふたりの顔を見比べていた。小さく「おつかれさま」と声を掛けると、喜一郎にそっくりな垂れ気味の目元から涙がこぼれ落ちた。

「パパ、本当に目が覚めないのかな」

「分からない。奇跡を信じるしかないでしょう」

節子はよろける継子の二の腕に手を添えた。澤木が窓の方へ視線を移した。己の重みに耐えきれなくなった雲が、雨を落とし始めた。

事務所に戻るという澤木と一階ロビーで別れ、節子も梢を送ることにした。しおれた継子を庇《かば》うように車に乗せた。雨脚が強くなった。

「ハッパはいつから吸《や》ってるの」

梢が顔を上げた。疑い深げな眼差しを運転席に向ける。もう優しい継母の演技は必要ない。節子は期待されたとおり、意地悪く微笑んだ。梢の充血した目に怒りが宿った。もう一度同じ質問をした。

梢はふたつ目の信号待ちで「半年くらい前から」と答えた。

「どこから手に入れてるの」

「友達のカレシ。栽培してネットとかで売ってる」

「あんたも売買に手を貸してるの」

梢はバイバイって何、と訊いた。売り買いのことだと言うと、それはやっていないという。

「普通のマンションの部屋で育ててるから、温度管理とか水やりとか、いつも必ず誰かがいなくちゃ駄目なんだって。夜中にメンバーのみんなが遊びに出るときとかに、臨時で呼ばれる。バイト代と現物もらって帰ってくるだけだよ。捕まるようなこと何もしてない」

営利目的の栽培と所持となれば、執行猶予など付くわけもない。節子は自分が何をしているのか分かっていない継子の、「夜中の温度管理」を笑った。

「あんたがそのグループのひとりじゃないことを、誰が証明してくれるの」

「友達とか、そのカレシ」

「誰が信じるの、それを」

梢は「だって」と言ったきり、唇を開きっぱなしで懸命に次の言葉を考えていた。

車を『コーポラスたちばな』に入る私道前で停めた。

「次の呼び出しには何とでも理由をつけて、行かないことだね」

「バイトもないのに、どうやって暮らせばいいの」

幾分媚《こ》びを含んだ問いに、節子は迷わずバッグから財布を取り出した。

「勘違いしちゃいけないよ。これは身内とか世間体とか、そんな理由じゃない。目の届くところで面倒を起こされるのが嫌なだけ。特に今はね。働かずに暮らしたかったら、当分言うことをきいておきなさい。私とは友好関係でいた方がいいことくらい、その悪い頭でも分かるでしょう」

アパートの合い鍵《かぎ》を受け取り、携帯番号をメモした。梢は差し出された二万円を忌々《いまいま》しげにパーカーのポケットに突っ込むと、勢いよく助手席から飛び出して行った。節子は、二十歳にして既に崩れかけている尻のラインを見送った。梢は振り返りもせず袋小路に建つアパートの階段を駆け上がった。

4

金曜日の午後三時に担当医師との面談が入っていた。喜一郎の容態は変わらなかった。節子は時計を見ながら病院のロビーに入った。二時半を回っている。集中治療室に通うようになって五日目を迎えていた。

今日から夏祭りだった。宵宮が始まる初日、青にグレーを混ぜ込んだ空が広がっていた。朝から太陽に暈《かさ》がかかって、とし子が日曜の花火大会の人出を気にしていた。

「今年の花火はどうでしょうかねぇ。見えれば客足は九時過ぎからだろうし、霧が出ればこっちに流れてくるのが早まるでしょう。どちらにしても、雨さえ降らなければ大丈夫ですけどね。期待して外に出てきさえすればこっちのもんです」

霧が出ると花火大会も音だけになる。この街では数年に一度、霧の向こうで美しく散るしだれ柳を想像する年がある。

喜一郎が事故を起こしてからとし子とよく話すようになった。朝と夕、節子が事務室に顔を出すせいもある。喜一郎の様子を訊《たず》ねないのは彼女なりの気遣いらしい。容態がほとんど変わらないことを報告すると、そうですかと短く返した。

その日節子が主任看護師に案内されたのは、事故当日に説明を受けた部屋だった。机の側《そば》の丸椅子《いす》に腰掛けるのと同時に、担当医がやってきた。忙しい合間をぬっての面談なのが、ペンを探す様子で伝わってくる。眼鏡の奥の柔和さが、先日より増していた。

「経過を観察しておりましたが、状況に劇的な変化はみられないようです」

深く頷《うなず》いた。数秒の沈黙のあと、それで、と彼が続けた。

「ＩＣＵでの治療はひとまず終了したということで、ケアを中心とした病院に移ることを考えていただきたいんです。呼吸器の管理ができる病院をどこかご存じでしたら、早急に連絡を取りたいのですが。お心当たりがなければ、こちらで探します」

真っ先に浮かんだのは澤木の顔だった。節子が働いていた頃は顧客のなかに個人病院も一、二軒あったはずだが、今はどうだろう。

「少しお時間をいただいてもよろしいでしょうか」

月曜日に手配できれば大丈夫だという。主任に伝えるように、と彼は言った。

礼を言って部屋を出た。夕暮れの町では宵宮が始まっている頃だ。携帯ブースに入り、澤木を呼んだ。担当医に言われたことを、そのまま伝える。

「節ちゃんの負担も考えると、少しでも家に近いほうがいいね。俺から釧路町の愛場病院に頼んでみる。回答はいつまでにすればいいの」

「来週の早いうちに搬送したいみたい。月曜日に手配できればって言われました」

「それじゃあ、今日中に何とかしなきゃな。分かった」

喜一郎が眠り始めてからの四日間、毎日のように連絡を取り合っては会っていた。抱いてくれと言えばベッドへ連れて行き、人捜しを頼めばすぐに動く。澤木が節子に見返りを望むことはなかった。

「先生」

澤木が「なに」と問い返す。何を言おうとしていたのか思い出せなかった。思い出さない方が良い、と誰かに耳打ちされたような気がして、節子は集中治療室を振り返って見た。

「僕はあと二時間くらいで体があくけど、節ちゃんはどうなの」

「先生の、あいた体の使い方が分からない」

耳に流れ込んでくる乾いた笑い声が心地良かった。今、笑いながら話してくれるのは澤木しかいない。

「今日はおとなしくしています。お祭りも始まったし、夜中に人手が足りなくなったら事務室の応援に呼ばれるかもしれないから」

「かき入れ時だもんな。宵宮なんてもう何年も行ってないな。ひとりで観《み》て楽しいものでもないけど。人混みってのは女連れで行くもんだからね。じゃないと虚栄心が満たされない。花火、見えればいいね」

今度は節子が笑った。澤木が言うと、卑屈さが足りないせいでどこか間が抜けた台詞《せりふ》に聞こえる。笑ったついでに「ひとりで花火見物も悪くないと思います」と言うと、澤木がひと呼吸おいて、「そうだね」と返した。

「とにかく、節ちゃんは少し休んだ方がいい」

あんまりあれこれと考えるのは止《や》めなさい、と言った。梢の一件について言いたいようだ。

「大丈夫よ先生。それじゃあ、愛場病院のことよろしくお願いします」

通話を終えた節子は、ＩＣＵの窓から喜一郎を見たあとエレベーターに乗った。正面ロビーを横切る。視界を流れて行く人々のほとんどが、あまり幸福そうには見えなかった。会計や投薬待ちのベンチで見かける横顔は、みな一様に疲れていた。

人混みを足早に離れると、正面玄関の自動ドアが開いた。ふと、通り過ぎた景色の中に視線を感じた。知った顔があっても声を掛けるつもりなどない。でもなぜか、振り向いて視線の主を確かめたい衝動に駆られた。

人混みに目を凝らす。自販機の前、子供連れの母親がたむろする一角に佐野まゆみがぽつんと座っていた。ミントグリーンのTシャツにジーンズ姿だった。冷涼な土地とはいえ、子供が八月の初めに長袖《ながそで》のTシャツというのは珍しかった。青あざだらけの腕を思い出した。

目が合った。後悔したが遅かった。大きな目と細い手足がアンバランスな少女は、親子連れに紛れて節子を見ている。母親たちは自分の子供に手一杯の様子で、誰もまゆみを気にしている様子はない。あたりを見回すが、佐野倫子はどこにもいなかった。

まゆみがベンチから立ち上がり、こちらへ歩いてきた。

節子は無言で踵《きびす》を返し、駐車場に停めた車へと急いだ。斜め後ろからまゆみが小走りでついてくる。声を掛けないまま五十メートルほど歩き、駐車場の端に停めた紺色の軽四輪の前に着いた。振り返り、少女を見下ろす。

「今日はひとりなの？」

だんまりを続けるまゆみに苛立《いらだ》ち、何の用かと訊ねた。頬に張りついた髪をかき上げる。切りそろえた肩までの髪は湿気でうねり、ブローも台無しになっていた。

まゆみはジーンズのポケットから紙切れを取り出し、精一杯手を伸ばして節子に差し出した。受け取るのを躊躇《ためら》っていると、少女が頭を下げた。

『少しのあいだ、この子を預かってください。私の携帯は使えない状態です。必ず迎えに行きますので、どうかお願いします』

「何これ。どういう意味」

まゆみはじっと節子を見上げている。いかにも走り書きという感じの乱れた文字は、佐野倫子のイメージと上手《うま》く結びつかなかった。

「悪いけど私そんなに暇じゃないの。亭主は事故で寝たきりだし、その娘は馬鹿《ばか》だし。あんたやあんたのお母さんのことまで考えてあげられるような余裕ないの。送るから家の住所教えて」

まゆみの瞳《ひとみ》が曇った。おそらくそれが少女の本当の表情なのだろう。顔の筋肉が下がり、七歳の少女にしては険のある、愛らしさとはほど遠い顔つきだ。何に気持ちを動かされたのか、言いたいことがあるなら聞いてやろうという気持ちになった。魔が差すというのはこういうことだと気付いたのは、彼女の着ているTシャツの肩口に血が滲《にじ》んでいるのを見つけたときだった。

まゆみの襟を肩の方へ少しずらした。白いガーゼがあてがわれ、サージカルテープで止めてあった。節子はガーゼをめくってみた。擦り傷でも切り傷でもなかった。何か角の付いたもので叩《たた》かれたように皮膚が裂けている。血は止まっているが、周囲が腫《は》れて膿《う》んでいた。

バッグの内ポケットから佐野倫子の携帯番号が書かれたメモを取り出した。

『私の携帯は使えない状態です』

メモを手にする節子を、まゆみが険のある表情で見上げていた。

傷や打撲痕《こん》が痛むのは、手をあげる瞬間の大人の顔を思い出してしまうときだけだろう。記憶を遠くに追いやっている限り親から受けた傷は痛まない。

「その傷、お母さんがつけたの?」

まゆみは首を振った。じゃあお父さんかと訊ねると黙り込んだ。

「黙ってて誰かが何かしてくれると思わないで。して欲しいことはちゃんと口にしなさい。誰もそんなに親切じゃないし暇でもないんだから。こんな傷見たくらいじゃ、私はあんたの言いなりになんかならないし同情もできないの。どうせ何が悪いのか分かんないくせにごめんなさいとか言ってるんでしょう。泣かないから余計に撲《ぶ》たれるんじゃないの。痛すぎて泣けないなんて、誰も分かっちゃいないんだから」

苛立ちが少女に向けたものなのか、それとも記憶のなかの自分に向けてのものなのか分からなかった。まゆみが「電話しないで」と年寄りのようにかすれた声で言った。

節子は釧路町の大型ショッピングモールに向かい、駐車場の目立たない場所に車を停めた。まゆみを車に残し、子供用の下着や部屋着を買い込んだ。モールの裏口から外にでたときは夕暮れを過ぎていた。自動ドアの外には子供向けの屋台が数軒並んでいる。等身バランスの狂った少女キャラクターがプリントされた綿飴《わたあめ》袋に手を伸ばしかけてやめた。節子は自分が思うところとは別の方向に向かって歩き出していることに気付いた。小さく舌打ちしながらも、足はまゆみの待つ車へと戻る。

とっぷりと暮れた街には祭りの気配が漂っていた。電線に均等にぶら下がるクレヨン画の行灯《あんどん》と花飾り、『港まつり』の文字がはためくのぼり。今夜宵宮で迷子になる子供の数はどのくらいなのか考えた。

助手席で眠っているまゆみを起こさぬよう、ゆっくりとハンドルを切った。少女をホテルと繋《つな》がっている自宅に連れ帰るのをためらっていた。日中留守にすることが多いうえ、留守を預けているとし子にいいわけのできないものを持ち帰るわけにはいかない。あれこれと嘘《うそ》を並べるのも面倒だし、連れて歩くのはもっと煩《わずら》わしかった。

浴衣《ゆかた》姿の幼児を連れた家族が横断歩道を渡っていた。母親が赤ん坊を抱き、父親が浴衣の娘の手を引いている。ふと、鞄《かばん》の中に転がる鍵《かぎ》を思い出した。節子は信号が青になるのと同時に、駅裏へ続く陸橋へと進路を変えた。

玄関ドアの上にあるはめ込みガラスから室内の灯りが漏れていた。根気よくドアチャイムを押し続けた。合い鍵を使って入ることも考えたが、男でも連れ込んでいたときはお互いに不愉快だ。玄関先に現れた節子と傍らに佇《たたず》むまゆみを見て、梢は露骨に嫌な顔をした。

「なにそれ」

部屋には今日も、大麻のにおいが漂っている。節子はまゆみの背を押し、部屋に上がるよう促した。

「ちょっと、勝手なことしないでよ。一体誰なの、この子」

「あんたの知らない子。湯船にお湯を溜《た》めてちょうだい。それからこのにおい、何とかして」

着替えの前に体を洗わねばと思った。梢は室内のにおいを追い出すつもりなのか窓を十センチほど開け、テレビの音量を下げた。一昨日《おととい》来たときにはなかったテレビが部屋の隅に置いてある。車に載せるような小型の液晶テレビだった。

部屋の中も湿気っているが、外から入ってくる空気はもっと湿っていた。買ったのかと問うと、中古だと答えた。

「金になるバイトも断らなきゃいけないっていうし、一日中こんなところにいたら腐っちゃうでしょ。テレビくらい、いいじゃん」

梢は物珍しそうにまゆみを見ながら玄関脇《わき》のバスルームへ行き、お湯の調節を始めた。傍らの紙袋から下着や着替え、大判の絆創膏《ばんそうこう》や消毒液を取り出した。女の子、というだけで白やピンクばかり選んでしまった。大きさもだいたいこのくらいと思って手に取ったものばかりだった。しゃがんで目の高さをまゆみに合わせた。

「気に入らなくても着てね。Tシャツ、肩が汚れてる。絆創膏貼《は》って、ちょっと体を洗おう。居心地がいいとは言えないけど、家に帰られないのなら、ここしかいるところはないからね」

佐野倫子が一体何を思ってまゆみを押しつけてきたのか、想像ができなかった。

「この傷、何でやられたのか教えなさい」

血が乾き始めたガーゼを、マキロンで濡《ぬ》らしながら剝《は》がす。まゆみは唇を強く嚙《か》んで痛みに耐えていた。教えなさい、ともう一度言った。

「木の刀」

ぼそりと呟《つぶや》いた。節子は大きくため息をつきながら、木刀を振り下ろしたのは父親かと訊ねた。今度は素直に頷いた。

湯が溜まるまでもう少しかかりそうだった。梢はふたりのやり取りを台所で眺めている。とし子に連絡を入れた。

「別段変わったことはありません、大丈夫です。毎年この時期だけ頼んでいるパートさんにも声を掛けておきました。電話すれば夜中でも駆けつけてくれます。こちらの事情を知っているので、気持ちよく引き受けてくれました」

「ありがとう。私はホテルのこと何も分からないし、頼りにしています。もう少ししたら戻ります」

今夜は甘いものでも差し入れた方が良さそうだ。梢が側に寄ってきた。

「ちゃんと仕事もやってるんだ」

「お父さんの意識が戻ったときに、商売がぐちゃぐちゃだったら大変でしょう」

梢は疑《うたぐ》り深い眼差《まなざ》しで節子を見たあと、まゆみを顎《あご》で示した。

「その子、誰なの」

「まゆみちゃん。ところで何か食べるものある？　ハッパはやめなさい。外までにおってるの、気付かないの」

「このにおいがハッパだって気付く方がどうかしている。節子さんって、パパと結婚するまで一体何やってた人なの」

「別に、何もやってない。会計事務員だったたって、知ってるでしょう」

梢は「うそだ」と呟き冷蔵庫からソーセージパンとオレンジジュースを出すと、まゆみに手渡した。節子は財布から一万円札をつまみ出し、梢に差し出した。

「近所のスーパーで食料品買ってきて。この子についてはあんまり詮索《せんさく》しないで」

梢は「分かってるよ、しつこい」と言って、一万円札をスエットのポケットに突っ込んだ。開けたドアから外気が流れ込んでくる。揺れた空気が窓から出て、再び風になってカーテンを揺らした。来たときより多少においが薄らいでいる。まゆみはベッドの端に座ってインド綿のラグを見ながらパンを食べていた。最後のひとくちを食べ終わったまゆみの手からパンの袋を受け取り、節子は風呂《ふろ》に入るよう言った。

ベッドから下りたまゆみは服を脱ぎ始めた。長袖のTシャツを脱ぐと、擦り傷と内出血で斑《まだら》模様になった上半身が現れた。目が節子を窺《うかが》っている。

「このくらいのことじゃ驚かないから安心して」

予想したとおり、ジーンズを脱いだ太股《ふともも》も腕と大差なかった。どうやったらこんなに散らせるのかと思うほど均等に青あざになっている。そのくせ顔や頭という、目に付く部分には一切傷がなかった。その場の感情の高ぶりや怒りだけでやっているわけではなさそうだ。

節子は数秒目を瞑《つむ》り、深呼吸をしてからまゆみをバスタブに入れた。ジーンズの裾《すそ》をめくる。湯船の隣にある便座に腰掛け、胸まで湯に浸《つ》かった少女の頭に手桶《ておけ》で湯をかけた。シャンプーを泡立て、慣れない手つきで髪を洗う。絆創膏に滲《し》みた湯で傷が痛むはずだが、まゆみは黙って目を瞑っていた。

湯船の栓を抜き、シャンプーを流す。目を瞑った少女の体を流しながら、節子は泣いた。遠い昔、流しそびれた涙だった。

ドアの向こうで梢の声がした。

「ちょっと、何これ」

血の付いたTシャツを見たようだ。ハンガーに掛かっていたバスタオルで少女の体を包んだ。ドアを開けると梢が冷蔵庫に食料を詰め込んでいた。ハムや卵、牛乳とパン、野菜ジュース。

菓子パンやスナック菓子ばかりを買ってくるという予想は外れた。

梢は節子を振り向き見て、「なんか、面倒なことに首突っ込んでるね」と言った。

洗濯機にまゆみの着ていたものを放り込み、洗剤をふりかけてスイッチを入れる。

買ってきた下着と薄い綿ニットを着せた。

「少しのあいだこの子の面倒をみてやって。私もできるだけ顔を出すから。夜どおしハッパに水やりするより安全なバイトだと思うけど」

梢は食パンにジャムを挟み、軽い調子でいいよと応《こた》えた。深く詮索するつもりはなさそうだった。少女の様子から何か感じ取っているのか、退屈な日々に子猫が紛れ込んだくらいに受け止めているのか、その態度からは分からない。しかし今、節子がまゆみに用意できるいちばん安全な場所は、佐野倫子の行動範囲から最も遠い梢の部屋しかないのだった。

「いいな、小学生は夏休みがあるんだから」

梢のひとことで初めて、今が夏休み期間中であることを知った。

「あんたは毎日夏休みじゃない」

梢はふてた表情で、いつまで続くか分かんないのはバケーションじゃない、と言った。

「明日また来るから、ちゃんと寝て食べてて。いい？」

梢が頷《うなず》いたまゆみに横から「ほら」と子供用の歯ブラシを手渡した。

「さっき一緒に買ってきた」

梢は短くそう言うと、歯ブラシの空箱をゴミ箱に放った。節子は、黄色い歯ブラシを片手に不安そうな表情を浮かべる少女の頭を撫《な》でた。帰りがけ、玄関先に立った梢が明日も来るのかと訊《き》いた。

「都合悪いのなら止《や》めておくけど」

「そういうんじゃなく。預けっぱなしにされるのが嫌なだけ」

反抗的な態度を笑うと、むっとした表情になる。まゆみよりよっぽど分かりやすい。

「あんた、案外いい子だったんだ。気付かなかった」

「バイトだもん」

梢はふんと鼻を鳴らした。

コンビニの棚に並んでいたプリンを十個買い占めて、みんなで食べてほしいと事務室のとし子に渡した。部屋は八割埋まっており、夜中には満室になるだろうということだった。喜一郎が週明けに病院を移ることになりそうだと告げた。とし子は小さく頷いただけで、その話題を引き延ばそうとはしなかった。

「今年のお祭りは雨にやられなくて済みそうです。商売って、最後の最後はお天道《てんとう》さま頼みです」

夜のパートに挨拶《あいさつ》をして、節子は客室の裏側にある長い通用廊下を渡り自宅へと戻った。シャツとジーンズを脱ぐと、疲れが体の内側からしみ出てくる。ベッドにうつぶせで倒れ込んだ。掛け布団《ぶとん》に染《し》み込んだ喜一郎の香りが、ひと呼吸ごとに体に入ってくる。眠りに引きずり込まれそうな体を無理矢理起こした。

梢には何かあったらすぐに連絡するようにと伝えてあった。携帯電話のマナーモードを解くためベッド下のバッグに手を伸ばす。携帯と一緒にメモ用紙もつまみ上げていた。一枚は倫子の携帯ナンバー、もう一枚はまゆみを頼むという走り書き。

まゆみを虐待《ぎゃくたい》している父親の姿を想像してみる。

友部が倫子について言っていたことを思い出した。

「ご主人って年下なんですって。一歳や二歳じゃないのよ、五歳。デパートの社長の甥《おい》っ子らしいんだけどね。佐野さん、テナントのブティックにいたんだって。五歳も年上で連れ子がいるっていうんで、ものすごい反対されたらしいのね。私、あそこの経営が危なくなったのって、彼女のことも絡《から》んでると思うの」

短歌会の新年会が終わってタクシー待ちをしているところ、倫子の夫の車で送ってもらった。今年の一月半ばのことだ。暗い車内で助手席側の後部座席から横顔を見、ひとことふたこと言葉を交わした。物腰の柔らかさは客商売で培《つちか》ったもののように思えた。妻の歌友に対する態度としておかしなところはなかった。

友部の言葉をすべて信じるのも愚かなことだが、五歳年上の妻の連れ子、という言葉が引っかかっていた。

「デパートを一軒潰《つぶ》しちゃうくらいのお家騒動って、一体どんなかしらねぇ。あそこの家は代々セレブだし、今頃どんな生活してるんだろう。テナントショップを一度のぞいてみたんだけど、お値段がもう」

友部は掌《てのひら》を口にあててさもおかしいという仕草で言った。

「信じられないような値が付いたフランス製の椅子《いす》とかが置いてあるの。売れるわけないじゃないの。誰がスーパーの二階でフランス家具を買うってのよねぇ。百均にあるようなアロマキャンドルがひとつ千円ですって。まったく、人を馬鹿《ばか》にしてる」

節子はメモをバッグに戻した。携帯が使えない状況とは一体どういうことなのか。

自宅に電話をしたあとの、佐野倫子の行動が想像できなかった。

携帯電話には澤木からの着信が二度表示されていた。澤木を呼んだ。

「夜間診療の当番だったらしくて、さっきようやく愛場院長と連絡が取れた。受け入れ可能だそうだ。週明けには部屋を用意して待ってると言ってた」

短く礼を言った。

「ずいぶん疲れてるみたいだ」

ベッドの横にある鏡台に顔を映してみた。肌がくすんで目の下の隈《くま》が浮き上がっている。口紅もとうに落ちていた。顔色の悪さは蛍光灯の光加減だけではなさそうだった。節子は九時を過ぎたというのにまだ夕食も摂《と》っていないことに気付いた。

「先生の声を聞いたら、お腹が空《す》いてきたみたい」

*

澤木は灯りを消した事務所で、窓の外を流れて行くテールランプを眺めていた。耳にあてた携帯電話は節子と繋《つな》がっている。澤木の声を聞いて腹が減ってきたという。

「先生は、もうご飯食べたんですか」

「いや、まだだ。今事務所を閉めたところ。今夜はあんまり気温も下がってないみたいだね。節ちゃんこそ、三食しっかり食べるのが信条だったでしょう。今でも覚えてるよ、あなたがうちの事務所に初めて持ってきた弁当のこと」

二十歳《はたち》の事務員が握り飯ふたつと小さなタッパーウェアに入れた沢庵《たくあん》という弁当を持ってきたのを見て、澤木は大声で笑った。むっとして背を向けて食べようとする彼女に、笑いを堪《こら》えて謝り、謝っては笑ってしまうことを繰り返した。

「冷凍食品は高いし、お弁当なんか買う余裕もありません。笑うなら、お給料を上げてください」

面白い子だ、と思った。

節子を紹介した幸田喜一郎は「教え込めば、かなりいい事務員に育つ」と言った。履歴書に貼《は》られた写真は、表情が硬く愛想がなかった。面接にやってきた本人にも柔らかな気配を感じ取ることができなかったが、唯一《ゆいいつ》澤木が引き込まれたのは、まっすぐな眼差《まなざ》しと二十歳という年齢に不釣り合いな肝の据わり方だった。

いくらクライアントに人気があっても、仕事ができなければ雇い主の首を絞める。前所長から引き継いだ客を安心させるためにもできるだけベテランが欲しいところだが、幸田喜一郎の紹介となると、おいそれと断るわけにもいかなかった。仕方なく面接をする羽目になった日、澤木は向こうから断ってもらうのもひとつの手と思い、面倒な質問をいくつかした。

「仕事と男、どっちか選べって言われたらどうしますか」

「そういう場面はないと思っています」

「言いきれるの、そんなこと。あなたまだ二十歳でしょう」

節子は唇の両端をぐいと真横に引き結び、澤木の気持ちを見透かしたように言った。

「私の方から断らせるのが目的の質問でしたら、そのようにいたします」

このひとことによって、澤木は藤島節子を雇うことに決めた。節子ならば、土壇場《どたんば》の選択を迫られたときも、うろたえず最良の結論を出すだろう。はったりのきく女とは思ったが、悪い印象ではなかった。

澤木の予感は的中した。働き出して五年後、二十五歳という若さで彼女は澤木ではなく幸田喜一郎を選んだ。

ふたりが男女の仲であることに気付いたのは節子と関係を持って一年近く経《た》ったころだった。特別腹が立つこともなかった。節子ならばあり得るだろうと納得したのは、彼女の体に巣くう空虚な気配のせいだった。男によって左右される体ではない。澤木にとってそのことは、節子とは結婚という道を選ばなくていいという結論を導き出した。

仕事と男、どちらを選ぶかという面接時の質問に、節子はどちらも捨てることで答えた。澤木は男で、幸田喜一郎はパトロン、というのが彼が自分に与えたひとつのいいわけだ。

携帯電話を持つ指先に力が入った。澤木は窓から入りこむオレンジ色の街灯を見上げた。

「なんでこんなことになっちゃったかなぁ」

思わず出た言葉に、澤木自身が焦《あせ》った。こんなことというのは何か、と節子が訊く。本気で言っているようだ。探る気配はない。人の腹を探るのが面倒臭いのだ。藤島節子という優秀な事務員の持つ、面白い特徴のひとつだった。澤木は「こんなことだよ」と言って黙り込んだ。自分が作ってしまった沈黙の意味を深く考えるのはやめにした。明日になれば、こうしたひとときも後悔に変わる。節子は今夜の会話などすぐに忘れてしまうに違いなかった。

「お腹《なか》に温かいものを入れて、ゆっくり眠りなさいよ。無理でも、そうしてくれないか」

澤木の手に、節子の肌の感触が蘇《よみがえ》った。欲望に直接結びつく感じはしない。ただ、ここに彼女がいたら、と想像するだけで喉《のど》の奥が詰まったような、息苦しくやりきれない気持ちになった。

5

八日の夕刻、初めて梢から連絡があった。

「この子に花火を見せてあげたいんだけど、外に出てもいいかな」

日曜日の街は、祭り一色だった。小学校二年生の女の子が二日も家に戻らないというのは事件にならないのだろうか。佐野倫子の空涙を思い出すと胸奥に不快な澱《おり》が溜《た》まってくる。節子は「必ず迎えに行く」という言葉を信じている自分が滑稽《こっけい》に思えてきた。

「外に出るのはちょっとどうかと思うんだけど。まゆみちゃんが見たいって言ってるの?」

梢は一拍置いたあと、この子一度も花火を見たことないんだって、と言った。深いため息が漏れた。節子のいない場所でふたりがどんな時間を過ごしているのか、梢の話しぶりから想像してみる。

「分かった。七時にそっちに迎えに行くから用意しておいて」

梢が今まで聞いたこともない明るい返事をした。

喜一郎の事故から一週間が経《た》とうとしていた。

深く陸地に入りこんだ湾の景色が生々しく脳裏に浮かんだ。瘡蓋《かさぶた》のできない傷によく似ている。何かが狂い始めているのを感じているが、なにひとつ自力では止められない。

いや、と節子は首を振った。

止められた。喜一郎の事故以外は、すべて自分が選び取っている。

目の前に大玉が見える地域にはずらりと花火見物の車が連なっていた。仕方なく節子は打ちあげ会場の釧路川河口から少し離れた高台の住宅地に車を停めた。仕掛け花火は無理かもしれないが、上空の大玉ならば問題なく見えるだろう。

火の玉が螺旋《らせん》を描いて闇《やみ》を突き抜け、瞬《まばた》き一回分の間を置いて花開いた。音が遅れてついてくる。地鳴りのように空気を震わせる花火の飛沫《ひまつ》を目で追う。連打の煙が消えたあと、しだれ柳がひときわ高いところから流れ落ちる。夜空が星々をかき集めているように見えた。

梢は花火がひとつ上がるたびに甲高い声を上げて喜んでいる。聞けば彼女もまた、親と一緒に花火見物をしたことがないのだった。盆暮れ正月、祭りや花火大会はラブホテルのかき入れ時だ。梢は『ホテルローヤル』がオープンした頃に生まれた子供だった。看板屋時代を支えた妻とは、梢の母親のことが原因で離婚したと聞いた。梢の母はホテルの事務室に赤ん坊とふたりで置き去りにされ、少しずつ心を病んでいったという。

車の窓が、三人の体温と呼気で曇り始めた。エンジンをかけてエアコンのスイッチを入れると、温かい風が吹き出してくる。助手席との隙間《すきま》から、後部座席に座るまゆみに「寒くないか」と声を掛けた。梢とは少しずつ話してもいるようだが、節子の前では無表情だ。頷《うなず》いたまゆみは、しだれ柳から一拍遅れて響く爆発音に肩を持ち上げた。上空に薄い雲が出始めたのか、満開の花火も上部の二割ほどが霞《かす》んでいた。

スターマインの連発が終わり、節子は高台の道を駅裏へ向かって下りていった。梢は急に無言になった。まゆみは途中で眠ったようだ。『コーポラスたちばな』の前で声を掛けても起きる様子がないので、節子は仕方なくまゆみを抱きかかえベッドまで運んだ。梢が首をぐるぐると回しながら玄関を出ようとした節子を呼び止めた。

「まゆみちゃんの肩の傷、良くなってきてるよ。絆創膏《ばんそうこう》、買い足しておいた」

「ありがとう、気がきくじゃない。お金は足りてるの？」

梢は頷き、まだ何か言いたげにしている。節子は首を傾《かし》げ、彼女の言葉を待った。

「本当は花火を見たかったの私なんだ。パパがあんなことになってるのに、ごめん」

「ハッパはもう吸ってないの」

梢は吸っていないと答えた。その目に嘘《うそ》があるようには見えなかったが、本当とも思えなかった。幸福も不幸も、人に思わぬ嘘をつかせる。梢は今、少しだけ幸せなのだろう。

「子供の体に悪いし。ハッパやらないであの子と一緒にご飯食べてたらちょっと太った」

ウエストのあたりをさすりながら笑った。たった二日で何を言っているのかと節子も笑う。梢は神妙な顔で「二日か」と呟《つぶや》いた。

「まゆみちゃん、テレビアニメも見たことないみたい。一体どこから拾ってきたの」

「私もよく分からないんだ」

節子の前を走っていた車が、国道沿いに立つ『ホテルローヤル』の看板から矢印の方向へと曲がった。節子は車間距離を百メートル以上とった。国道から建物まで一キ口近くある砂利道では、このままホテルに入るかどうか相談中の車が二台エンジンをかけたまま停まっている。道幅が狭いため、路肩から側溝に落ちないようすれすれのところを通り過ぎる。

喜一郎がよく「車庫のシャッターを閉めてもまだ商談してる客がいる」と笑っていた。部屋に入って一分足らずで帰る場合もあるという。本当の選択は女がするもんだ、と言っていた。

喜一郎は何を思いながらカーブをまっすぐ突き進んだのだろう。

事故車両は、既に車のかたちをしていなかった。ドライバーが生きていることが信じられません、と立ち会った警官は言った。

節子が顔を出すと、リネン室も事務室も、あわただしい気配と活気に満ちていた。とし子は毎度のことだと言って自ら廊下を走り、バスマットで包んだリネン類を各部屋の通用口に並べている。後ろ姿に向かって手伝うことはないかと訊《たず》ねても、大丈夫だと返すばかりだった。

「こういうときに、慣れない人は却《かえ》って足手まといなんですよ。奥さんはお部屋で休んでいてください。どうしてもっていうときにはお願いしますから」

礼を言い、自宅に戻った。さほど動いていたわけでもないのに、体の芯《しん》から疲れが滲《にじ》みだしてくる。ときおり後頭部が痛んだ。痛むたびに「必ず迎えに行きます」という走り書きが脳裏に浮かぶ。佐野倫子が一体何を思って節子に娘を預けたのか、何度読み返しても分からなかった。

節子は鏡台の引き出しの奥から、『サビタ短歌会』の古い名簿を取り出した。個人情報を守るという名目で廃止になり、今は発行されていない。名簿の日付はずいぶん前だった。倫子の自宅の住所と電話番号を見つけ、大きく息を吐く。

節子はバッテリー表示がひと目盛り減った携帯を見ながら、ひとつひとつ確かめるように佐野倫子の自宅のナンバーを押した。

八回目でもう止《よ》そうと耳から携帯を離しかけたとき、コール音が止んだ。

「はい、佐野です」

人当たりの良い、商人の声だ。倫子の夫だろう。夜分に電話したことを詫《わ》びて名乗った。佐野はいつも妻がお世話になって、と返す。声には空気の揺れも、取り繕う気配も感じられなかった。

「娘と風呂《ふろ》に入っているところなんですよ。上がったら折り返し電話させます」

ひとしきり恐縮している。節子は佐野の真意を読むことができず、仕方なく会話を引き延ばした。

「先日お見舞いに来ていただいたことの、お礼を申しあげたいと思ったものですから。お祭りも重なって商売の方も慌《あわ》ただしくしておりまして、すっかり遅くなってしまいました」

「ご主人が事故に遭われたとか。大変でしたね」

佐野が見舞いにはまゆみも一緒に行ったのか、と訊ねた。

「おふたりにはずいぶん励ましていただきました。明日、病院が変わるのでそのことをお伝えしなくてはと思いまして」

「まゆみはときどき妙に大人びたことを言う子なんで、びっくりされたでしょう。学校でもちょっと変わった子だと思われているようです。友達がいないらしいんです。それで倫子がいつも連れて歩くようになったんですが」

「お祭りは行かれましたか。今日は花火大会で、街の方はずいぶん賑《にぎ》やかそうですけど」

「うちは弥生《やよい》町の少し高い場所にあるもんですから、二階の窓から見えるんです。さっきまで家族三人で見物していました」

節子は落ち着いたらまた連絡すると告げた。携帯の向こうで、ドアを閉める音がした。佐野の声は終始揺れることがなかった。

6

月曜日の午前中ということもあり、外来のロビーはごった返していた。院長の愛場は内科病棟の回診を終えたあと、澤木を用意した病室へと案内した。

無精かファッションか、愛場兼一はまだらの髭面《ひげづら》をした大男だった。百七十五センチの澤木より頭半分ほど背が高く、横幅も二倍近くある。

先代院長は内科小児科医として町医者に徹したが、後を継いだ長男の兼一が老人医療に力を入れて病院を大きくした。診療科目も増やし、個人病院としては道東最大規模といわれている。二代目院長と澤木は高校時代三年間同じクラスだった。

愛場の考え方にぶれがないことは、現在の病院経営からもよく理解できた。父親の目指した医療から遠く離れているように言われるのは、彼が外に対するアピールやいいわけを面倒臭がるせいだ。

澤木の周りで、愛場ほど適当な勉強態度で医学部に受かった人間はいない。

どうせ家に帰ればガツガツやってるんだろう、と言った級友に向かって「結果を出してから言え」と言い切り周囲を黙らせた。ただひとり愛場に「それは傲慢《ごうまん》と言うんだ」と反論したのが澤木だった。愛場はしばらく黙ったあと「過剰な気遣いは人を殺すんだ」と言った。

祭りが終わったあとの空はひときわ高く青かった。吹く風も秋の気配を漂わせ始めた。

愛場病院は『ローヤル』から車で十分という条件を満たし、呼吸器のケアにも力を入れていた。幸田喜一郎のために愛場病院が用意したのは、三階から湿原を望む、いちばん眺めのいい端の個室だった。

患者用のベッドと機械スペースのほかに、家族用の簡易ベッドがひとつ。小ぶりな洗面台に小さなひまわりの造花が二本飾ってある。

「うちで面倒をみられるのも、半年より長くなることはないと思う」

愛場の言葉の意味が飲み込めず、澤木が聞き返した。

「うちに、亭主のカルテがあること、奥さんは知らないんだろう。三か月前に検査をして結果を聞きにきて、それきりだけど」

澤木は検査結果を訊《たず》ねた。愛場は「直腸ガン」と答えた。

「市民病院の搬入時に全身のCTは撮ったはずなんだ。肺や肝臓と違って、管腔《かんくう》臓器の異変は内視鏡でもしないと発見は難しい」

「本人は知っていたのか」

「ちゃんと受け止められる人かどうか、考えなしに言ったわけじゃない。俺だって誰かれなく告知したりはしないさ。うちに来る前に、どこかで言われていたようだった。いきなりあと半年ありますかって訊《き》く患者は初めてだったよ」

問題は、と愛場が続けた。

「奥さんにどう言うか、だ」

体が萎《しぼ》んでしまいそうなため息をひとつ吐《つ》き、澤木は「俺が言う」と愛場の目を見た。

「医者の仕事を横取りするのか」

愛場は、損な性格は変わらないな、と言ったきり黙った。病室の引き戸が開いて、看護師が院長、と声を掛けた。

「幸田喜一郎さんが到着しました」

喜一郎に付き添う節子は、気丈な妻にも心を手放した抜け殻のようにも見えた。澤木は節子の後ろで、呼吸器や心拍を表示する機械に繫《つな》がれる喜一郎の様子を見ていた。

「なるべく静かな部屋をと思ったんですが、いかがですか」

節子は深々と頭を下げ礼を言った。

「僕にできることはなんでも言ってください。こいつの頼みじゃなくても同じことをしますよ」

三人の視線は申し合わせたようにベッドの喜一郎へと注がれた。防音ガラスの向こうには葦《あし》の絨毯《じゅうたん》を敷き詰めた湿原が広がっている。ぽこぽこと盛り上がって見えるのはヤチハンノキだ。音のない景色に見守られ、喜一郎の命を測る数字も緑色に光っていた。

「できる限りのことをさせていただきます。こうして自力で動くことができずにいても、耳だけは正常に働いているという場合もあるんです。これは決して気休めではありません」

節子が視線を床に落とした。

喜一郎が目覚めるときは永遠に来ないような気もするし、何かの拍子にぱっと目を開けそうな気もする。耳だけは聞こえているという言葉がこの病院に通う家族の気持ちを軽くも重くもしているのだろう。呼吸する骸《むくろ》より、動けなくても意思を持った肉体の方が看護のし甲斐《がい》がある場合もあるだろうし、意思さえなければと思う場合もある。重なってゆく負担は、意識ある者の心をいろいろなかたちに変えてしまう。

節子はどうだろう、と澤木は思った。喜一郎は日に日に亡骸《なきがら》に近づいている。鼻が折れて傷だらけの顔は、たとえ目を開けたとしても元どおりの幸田喜一郎には見えない。

「ここならエレベーターの音も廊下の足音も気にならないと思います」

愛場兼一が挨拶《あいさつ》の最後にそう言うと、節子が再び深々と頭を下げた。病棟のいちばん端の病室には、ナースコールで頻繁に呼ばれる心配のない患者が入る。澤木は小さくため息をついた。周囲には背の高い建物がない。病院から見える湿原は、絵はがきそっくりだった。

院長が去った病室でしばらく窓の外を眺めたあと、軽く伸びをして節子が言った。

「この景色、無駄にきれいだと思いませんか。一体誰のための病室なんだろう」

澤木は無言で頷《うなず》き、愛場病院に喜一郎のカルテがあることを告げた。

「いつ来てたんですか。何のために」

「三か月前。それきり受診してない」

できるだけ感情を漏らさぬよう、病名を告げた。節子の顔から表情が消えた。澤木は淡々と愛場から聞いたことを伝えた。

「院長はどうして私に直接言わないんですか」

「俺から伝えさせて欲しいと頼んだ。あいつより君のことを知っているという、いいわけみたいな理由だけど」

「それって、この状態も長くは保《も》たないってことですか」

「幸田さんは愛場のところに来る前に別の病院で告知を受けていたようだ。ここには検査結果を聞きに来て、あと半年あるかと訊ねたそうだ」

「どうして病院を替えてまでそんなことを確かめる必要があったんですか」

ここから先は憶測になる。澤木は黙り込んだ。答える言葉を持たなかった。窓から見える景色は節子の言うとおり、ここを訪れる人々のために用意されたものなのだろう。小さなため息を聞いた。節子は泣きもせず呟《つぶや》いた。

「幸田が隠したがったことなら、聞かなかったことにします」

澤木は、もしかしたら、と言いかけて口をつぐんだ。節子もおそらく同じことを考えている。自殺だったのではないか。意識ある者が想像できるのは、そこまでだった。

節子がベッド脇《わき》へ歩み寄り、喜一郎の寝顔を見下ろしていた。澤木は後ろから、彼女の右手を握った。驚くほど冷たい、日陰の石のようだった。

ナースセンターへの挨拶を終えて病院のロビーで別れる際、澤木はわざと現実的な話を持ち出した。憶測や想像が蠢《うごめ》くまま別れることに不安があった。

「リース会社への返済額の変更にしても、今後の経営にしても、力になるから」

「幸田がやっていたようにはできないと思います」

「そんなことはリース会社も取引先も分かってる。俺も君が彼らと渡り合えるよう、最善のことをする。問題は、節ちゃん自身にやる気があるかどうか、それだけなんだよ」

澤木は偽善もここまで来れば大したものだと己を嗤《わら》った。節子は数秒澤木の顔を見上げたあと静かに言った。

「本当にそれだけ？」

澤木はひと呼吸分黙り込み、俺にとっては、と応《こた》えた。

*

目覚めると、既に日が翳《かげ》っていた。夢もみないで二時間以上ぐっすり眠ったのは久し振りだった。唇も喉《のど》もからからに渇いている。ベッドにはまだ喜一郎の匂《にお》いが残っていた。愛場院長に処方してもらった睡眠薬も、朝までは眠らせてくれなかった。澤木と別れたあと、ナースセンターに引き返して頼み込んだものだ。院長は喜一郎の病気のことには触れず、眠剤を処方した。

「とりあえず五錠出しておきましょう」

目覚めれば現実がぽっかりと大きな口を開けている。別れ際《ぎわ》の澤木の言葉を思い出した。こめかみと後頭部に鈍痛があった。薬がまだ、体のあちこちに残っている。怠《だる》さとあまりの面倒臭さに、すべて投げ出したくなった。節子は冷蔵庫にあったプリンをひとつ手に取った。嚙《か》まずに済むものしか喉を通らない。

とし子と話したいと思ったのは初めてだった。

事務室に顔を出すと、日中のパートからの申し送りを終えたとし子がいた。六畳のフローリングに事務机とソファーベッド、古びた事務椅子《いす》がひとつ。壁にはエアシューターの筒が部屋数分並んでいる。机の上には入室中の部屋ごとに伝票クリップが置かれており、今は三部屋が埋まっているようだ。二時間ひと区切りで、三十分ごとに八百円の延長料金が付く。コンピューターシステムを入れれば誰がこの事務室に座ろうと会計の間違いや面倒な心配はなくなるが、喜一郎は機材より人材と言ってきかなかった。現にとし子のような管理人に恵まれているので、その日に狂いはなかったのだろう。とし子が、祭りが終わったので今日は比較的のんびりした夜になると言った。

「ひとつ訊いてもいいかな」

訊ねると、とし子は薄い眉《まゆ》を右だけ上げた。

「川向こうのホテルをたたんだときのことなんだけど」

彼女は一瞬遠い目をしたあと、頷いた。

「どうして手放すことになったのか教えて」

「借り入れも返済もままならなくなったからです。激戦区ですから、建物や部屋を直さずに続けられるほどのんびりとした商売内容じゃなかったんですよ。老朽化したホテルは部屋代を下げていくしかなくなるんです。最初は五百円のサービス券も、すぐに千円の割引券になって、そのうちどうにもこうにもならなくなる。持っていってくれるお客さんはまだ親切です。見つかっちゃまずい人の方が圧倒的に多いですしね。料金看板を塗り替えるより紙の割引券の方が安くつきますけど、安易に手を出すと商売の首を絞めます。建物の借金はそっくり残ってるわけでね。毎月の返済だって変わらない。社長から聞いていると思いますけど、旦那《だんな》に死なれて状況は一層厳しくなったんですよ。鬱病《うつびょう》だ何だって、周りはあれこれ言いますけどね、死んで済むならこっちが死にたかったです」

言い過ぎたと思ったのか、とし子は目を伏せて謝った。

わずかな沈黙のあと彼女は、「奥さんは、ここをどうしたいんですか」と訊ねた。少し迷いながら、分からないと答えた。

「幸田はこのホテルをどうしたかったんだろう」

「私は精一杯お手伝いさせてもらおうと思ってますよ。ここは目立たないホテルだけど、固定客があるし安定しています。同じ商売でも場所によってずいぶんと内容が違ってくるんです。部屋数が多くてパートも三交代というようなところは、客層も違うし商売内容も荒っぽいもんなんですよ」

とし子の表情が翳った。何か言いたいことがあるのかと口を開きかけると、内線電話が鳴り出した。とし子は慣れた手つきで受話器を取ると、ペンを持って会計を始めた。

「お部屋代、お飲み物を合わせて五千二百円になります」

エアシューターがけたたましい音をたてて料金を入れた筒を送り込んできた。勢いついた百円玉がひと鳴きして、とし子が中を確認する。不足も釣りもないことを確かめたあと、シャッターボタンを押した。巻き上がるシャッターの、油の切れた音が響いた。

一連の作業を終えたとし子が、自室に戻ろうと立ち上がった節子を見て言った。

「奥さんは、自分のことを最優先に考えてください」

後頭部が痛み、しっかり笑えたかどうか自信がなかった。事務室から数歩離れたとき、節子はとし子をふり返った。なぜか電話が来る前の表情が気になった。

「さっき、何か言いかけなかった？」

さあ、と言ったきりとし子が黙った。節子は彼女の口が開くのを辛抱強く待った。机の上の伝票クリップを確認する仕草をしていたが、節子が立ち去る気配がないと分かると、「立ち話も何ですから」とソファーベッドを示した。

節子は言われるまま再び事務室のソファーベッドに腰を下ろした。とし子も事務椅子に腰掛けた。よほど気詰まりなのか、用もないのにボールペンを握っている。

「事故に遭われる前の日の、十一時過ぎでしたか、社長がひょっこり事務室にやってきたんです。そのとき、妙なことを言ったんですよ」

節子がベッドに寝転んでテレビを見ている時間だった。

「ローヤルにご厄介になってから、社長がうちの人を話題にしたのは初めてでした」

内縁の夫は何の書き置きも残さず、客室で首を吊《つ》ったという。

「社長、惚《ほ》れた男にあんなかたちで死なれたとき、どう思ったのかって訊いたんです。そりゃあしんどい思いもしましたけど、今さら何を言っても始まらないですよってお答えしました」

「とし子さんの旦那さんと幸田はどういう付き合いだったんですか」

「うちのはもともと開拓農家の倅《せがれ》で、社長のお父さんが標茶の学校に赴任されたときの教え子だったそうです。社長とは年が近いこともあって、小学校からの付き合いだって言ってました。この商売を先に始めたのはうちの人だそうです。社長には昼間はさっぱり客が来ないラブホテル街じゃなく、こういう静かで景色のいい土地で息の長い商売をして欲しかったようです。本当はここで商売したかったのはあの人だったのかもしれません」

ペンを握る指先が白くなっていた。管理人として雇い入れた友人の内妻に、男が死んだときどう思ったかを訊ねた喜一郎の心根を思った。意味のない質問ではない。そこには翌日に下り坂の急カーブを直進させる手がかりがある。

「幸田が免許を取ってから四十年以上、無事故無違反だったのは知ってる？」

そうだったんですか、と頷く表情に困惑が混じった。節子が何を言おうとしているのか探る眼差《まなざ》しだった。

「事故なのか自殺なのか、分からないの」

とし子が息を吸い込んだ。視線が節子に向けられ、止まった。とし子の気持ちに引っかかる喜一郎の言動と、節子の想像が見えない糸で繋《つな》がった。

「もしもそうだったら、理由は一体なんですか。社長はうちの人とは違います。心の病気なんかじゃない。それだけは分かるんです」

長い沈黙だった。節子は夫が隠したがった病名をここで口にする気になれなかった。

数分後、清掃終了を告げにきたパートの声に促され事務室を後にした。長い廊下を歩きながら、事故の前日に喜一郎がどんな思いで節子のいる寝室に向かったのか考えてみる。夫が取りこぼした欠片《かけら》を集めるしか、気持ちを紛らわせる方法がなかった。

背後で車庫に入った車のエンジン音がして、すぐにシャッターが下りた。

台所でひとり、レトルトのスープをすって夕食を終えた。喜一郎のいない食卓にまだ慣れない。スープも朝のトーストも、半ば義務感で胃に落としている。毎日食事どきは訪れるが、そのたびに食べたいものがないことに気づき滅入《めい》った。

梢に電話してまゆみの様子を聞こうと思った矢先、携帯が鳴り出した。友部からだった。

「ご主人のこと、聞きました」

友部は見舞いが遅れてしまった詫《わ》びを述べると、声のトーンを変えた。電話の目的は別のところにあるらしかった。

「こんなこと話していられるような状態じゃないって分かってるんだけど、幸田さんのお耳に入れておいた方がいいかなと思って」

声を潜めていることに本人は気付いているのかどうか。黙っていると倫子の名前が出てきた。友部の説明は、例会の連絡をした際、倫子の夫が電話に出たところから始まった。なかなか倫子に代わろうとしないので、何かあったのか訊《たず》ねてみたのだという。

「お電話はいつ掛けられました？」

「ついさっきよ。あなた、まゆみちゃんがいなくなったこと、知ってる？」

前後の説明もなく、倫子の夫が一方的に娘がいないことを訴えたのだと言った。

「なんだかお酒を飲んでるみたいだった。あれはかなりの量だと思うな」

喜一郎のことを話題にしていたときより嬉々《きき》としている。

「なんだか家の中が大変なことになってるみたい。きっと夫婦喧嘩《げんか》が原因よ。子供って敏感だから。だけど、娘がいないって私に言われたってねぇ」

「まゆみちゃんがいないって、いつからですか」

「そんなこと分かんないわよ。相手はべろんべろんだもの。とにかくひどいったらないの。あれは間違いなく酒乱。やっぱり佐野さんの短歌って、フィクションだったの

「かも」

曖昧《あいまい》な返事をしているうちに、友部がそれじゃあと言って電話を切った。

節子は怠く沈み込みそうになる体を無理矢理立たせ、バッグと車のキーを手に一階へ下りた。倫子の夫が友部にまゆみのことを話した。見えないところで何かが動き出している。整理するには材料が少なかった。

街灯のない砂利道を国道へと抜ける。愛場病院の前で三階の端を見上げるが、まだ煌々《こうこう》と灯りが点《つ》いていた。節子は駅裏の『コーポラスたちばな』までの二十分、友部の言葉を繰り返していた。

「やっぱり佐野さんの短歌って、フィクションだったのかも」

微笑《ほほえ》ましい、心が通っている、温かい眼差し、家族の幸福、夫への愛情。倫子の詠草《えいそう》に寄せられる感想は概《おおむ》ね好意的だった。否定すれば、した側の気持ちに傷がつくことを、みな多かれ少なかれ気付いているからだ。

節子は合い鍵《かぎ》を使ってドアを開けると、玄関のあがりかまちにバッグを放り部屋に上がった。

スナック菓子の袋を広げて、梢とまゆみがテレビを見ていた。節子を見上げた梢は一瞬不快そうな表情を浮かべたが、すぐにいつものへらへらとした顔に戻った。

「節子さん、ちょっと痩《や》せたかもしれない」

梢がスナック菓子を口に放り込んだ。声を掛けると、まゆみが立ち上がった。ほんのりと赤味を取り戻した頬と透けそうに白い肌を確かめるように、節子は膝《ひざ》をついて少女の顔をのぞき込んだ。

「昨日の花火、きれいだったね。ちゃんとご飯食べてる？」

まゆみはかくんと頷《うなず》いた。梢は「あまり笑わない子」と言って気味悪がったが、おかしくもない場面で笑う必要はない。浅い呼吸を二度して、まっすぐまゆみの目を見た。

「そろそろお家《うち》に連絡しようと思うんだけど、いいかな」

わざわざ車を走らせてまで分かり切ったことを訊ねにきた。まゆみが帰ると言えば帰す。いやだと言ったときに何と応えるかは節子自身にも分からなかった。小さな顔にアニメキャラクターのような大きな目が光っていた。節子を見ている。市民病院のエレベーター前で「狡《ずる》くなれ」とそそのかしてからまだ一週間も経《た》っていなかった。

ふたりのやり取りを横目で見ながら、梢がトイレに立った。部屋の空気が揺れてもまゆみのだんまりは続いている。右腕を持ち上げ部屋着の袖《そで》を上げてみた。紫色は黄色へ、青あざの輪郭が曖昧になっている。数日で半分が消えるだろう。消えるまでここにはいられないことを、どう告げればいいのか。節子は幼い瞳《ひとみ》に目で問うた。

「明日、帰る」

瞬《まばた》きひとつしないでまゆみが言った。節子は軽く目を閉じた。この少女が親のことをひとことも口にしない理由を考える。まだ自分に非があると思っているのか。撲《ぶ》たれる原因が自分にあると思っている限り、親の手は執拗《しつよう》に少女を追いかけてくる。そっとまゆみの背を抱いた。薄く細い上半身の、しっとりとした熱が鎖骨を通して伝わってきた。

梢が部屋に戻ってこないことに気付いたとき、台所でプルタブを開ける音がした。横目で節子を見ながら缶ビールを飲んでいる。

「節子さん、なんでまゆみちゃんにそんなに熱心なの」

「熱心て、どういう意味」

「自分の子供でもないのにってこと。節子さんうちのパパと籍入れたとき、一応私の母親になったんだよね、戸籍上だけでも。あのときと今の節子さん、別人みたいだ」

節子から口を開けば梢が余計哀れになりそうで、彼女の言葉を待った。

「私はママにもパパにも撲たれたことなんかなかった。何をやっても怒らない父親と、口を開けば泣いて愚痴を言うか金の話しかしない母親のあいだに生まれたけど、それでも私、まゆみちゃんより幸せだったのかもね」

梢はビールを一気に飲み干し、「なんか馬鹿《ばか》なこと言ってるな」と言ってアルミ缶を潰《つぶ》した。

「私は、あんたの母親にはなれないって最初から諦《あきら》めてた。十五の年には、もう親元を離れてたし。私のところも、ろくでもない母親だったよ。いつも男出入りが絶えなくて、同時にふたり三人と付き合うの。もしかしたらもっといたかもしれない。スナックをやってたのか売春をしてたのか、分からなかった。私がうちに出入りしていた男たちに乱暴されたって見て見ぬふりしているならまだしも、金までふんだくるような女だった。娘を押し倒してる男の後ろで、終わるまで見てるの。だから十五でさっさと家を出た。そんな私に母親面《づら》されたら、あんただってたまらないでしょう」

「ひってぇ話」

梢は唇を尖《とが》らせ、うつむいた。律子が娘の年を楯《たて》に金を脅し取る頃は、それぞれ男たちとの関係もこじれ始めているのだった。男から差し出される金の額はまちまちだったが、律子はいつもその中から一万円札を一枚抜き取り娘に渡しながら言った。

「あんなヤツ、別れてせいせいしたよ」

節子は笑いながら梢のつむじに向かって言った。

「ほんと、ひっでぇ話さ」

まゆみがベッドの上で膝を抱えてふたりの会話を聞いている。分かっているのかいないのか、立ち話をしている節子と梢をだまって見ていた。

「明日の朝、お父さんの病院に顔を出したあと、まゆみちゃんを迎えにくるから。それまでお願い」

梢は了解、と言ってまゆみの隣に腰を下ろした。

その夜、眠剤がもたらす眠りに落ちて行きながらまた、節子は果てのない硝子の管を流れる砂の音を聞いた。

7

翌朝節子は、目覚める直前まで砂の中にいる夢をみていた。自分がなぜそんなところにいるのか分からないまま、必死で地上に這《は》い上がろうとしている。乾いた赤い砂だった。いくら両腕を使って掻《か》いても、水のように体を上へと押し上げてはくれない。呼吸の苦しさが焦《あせ》りを呼び、焦りが余計に生きていることを実感させた。

砂が下へ落ちて行こうとしていることに気付いたのは、両腕の力が尽きた、と思った瞬間だった。諦《あきら》める、というのとは少し違った。ここから抜け出す方法は、浮上ではないのかもしれない。砂は流れている。流れる先があるということだった。節子は自分も砂の一粒になろうと決めた。抵抗のないよう両腕を頭上で絡《から》め、つま先から落ちて行く。

夢はそこで終わった。枕元《まくらもと》に置いた目覚まし時計が七時を指していた。胸から脇《わき》、背中までパジャマ代わりのTシャツが汗で湿っていた。

夏祭りが終わったあとはお盆が待っていた。人が動くときはホテルも忙しい。喜一郎はそうしたかき入れ時にはいつも「休みのときにセックスしたくなるのは男女ともに健全な証拠」と言った。体と頭を酷使しているときの交わりは慈《いつく》しみが足りない、というのが喜一郎の考えだった。

節子は先週の澤木の言葉を思い出していた。「きみが思うほど、タフにはなれない」という呟《つぶや》きは、時間が経《た》つにつれて胸の痛みに変わった。

シャワーで汗を流し、キッチンに立ったままホットミルクを一杯飲んだ。まだまゆみをどのようなかたちで佐野家に帰すかを決めかねていた。どうして梢の部屋になど連れて行ったのか、先週末の心の動きもぼんやりと霞《かす》んでいる。「どうかしていた」で済まないことは分かっていた。

喜一郎の事故から、何かが狂い始めていた。ミルクを飲んだあとのマグカップを洗いながら、今朝みた夢のことを思い出す。今までは音だけだった砂に、体ごと埋もれていた。長い長い筒を流れていたのは、砂ではなく自分だった。浮上を諦めつま先から落ちてゆくと決めたことにも、何か意味があるように思えてきた。

食器かごにマグカップを伏せた。実家へ行った際に律子が淹《い》れてくれた、色ばかり濃い紅茶が脳裏をよぎった。

身支度を終えて、ふと気になって梢の携帯を鳴らした。いくら呼び出しても出なかった。節子は急いでTシャツの上に綿のシャツを羽織り外に出た。

『コーポラスたちばな』に着いたのは、八時二十分だった。ふたりともまだ寝ていることを祈りながら、合い鍵《かぎ》を使い部屋へと入った。

カーテンから薄い陽光が透けていた。室内は物音ひとつしなかった。掛け布団《ぶとん》で覆《おお》われたベッドは平らで、誰もいない。ぐるりと部屋を見回してみる。部屋の隅にまゆみの部屋着が脱ぎ捨ててあった。手に取ると、床に小さな布きれが落ちた。洗濯をしたままアイロンもあてていない、子供用のハンカチだった。拾い上げると端に小さく「まゆみ」の名があった。

＊

木田聡子が机の上を片付け始めた。もうそんな時刻かと、澤木は壁の時計を見た。母親の介護をしながらの就労ということで、五時には家に着くように帰す約束になっている。平日の日中はヘルパーに頼んでいるが、給料と親の年金を足しても食べるのがやっとの生活だという。木田のキャリアを考えればもっと実入りのいい事務所もあるのだろうが、手広く仕事を引き受けるところは就労時間の融通が利《き》かない。年齢の壁もあるだろう。パート扱いにせず、月給制にして各種保険も付けているのが澤木の事業主としての誠意だった。

「先生、最近お仕事溜《た》まり気味ですからね。私は帰りますけど、残業よろしくお願いしますよ」

木田は郵便受けに差し込まれていた夕刊を机に置き、茶目っ気たっぷりの挨拶《あいさつ》をして四時三十五分には事務所を出て行った。家までの一キロ、何を考えながら歩くのか訊《たず》ねたことがある。

「何にも考えません。ただ歩く、それだけですよ。嬉《うれ》しいも悲しいもない。あぁ、桜が咲いたなぁとか、ここの家のツツジが見事だとか、去年より庭が荒れてるなぁとか。見たものを見たまま気持ちに入れていくだけで、それによって何か考えるってことはないんです」

澤木の気持ちが仕事以外のところに向いていることも、それが幸田節子の存在によることも、彼女にはお見通しなのかもしれない。澤木は椅子《いす》に座ったまま大きく伸びをして、明日は彼女に負担をかけぬようにしようと思った。

事務所の電話が鳴ったのは、木田が帰ってから五分後のことだった。また、廃業の相談じゃなけりゃいいが、と思いながらナンバーも見ずに受話器を取った。『しずく』の石黒加奈からだった。通り一遍の挨拶のあとすぐに、彼女の声が重くなった。

「澤木先生、梢ちゃんからそちらに何か連絡は入っていませんか」

「いや、僕のところには何も。どうかしましたか」

石黒加奈の吐息が耳に流れてくる。彼女は「それが」と言いかけ数秒黙ったあと、番号を変えた梢から初めて連絡があったことを告げた。

「あの子、喜一郎さんの奥さんに頼まれて何日か子供を預かっていたらしいんです。ちょっと変わった女の子だったそうです。小学校二年生って言ってました。奥さんが今日親御さんのところに戻す予定だったそうなんですけど、その子、明け方にひとりで部屋を出て行ったっていうんです。梢ちゃん、女の子がひとりで駅に入って行って、ベンチに腰掛けたところまでは確認したそうなんですけど、駅員がその子に声を掛けたんで慌《あわ》てて逃げたって」

石黒加奈が何を言っているのか分からなかった。節子が子供を預かっているなど一度も聞いたことはなかったし、梢との関係がそれほど回復しているとは思ってもみなかった。喜一郎の状態を考えれば、節子に子供を預ける人間がいたこと自体信じられない。

「すみません、上手《うま》く理解できないんですが、どういうことですか。幸田さんの奥さんが、女の子を梢さんに預けたのは間違いないんですか」

「電話ではそう言っていました。結局預かった子供を駅に置き去りにしたというのが、とても気になっているそうなんです。私もなんだか胸騒ぎがして、夕刊を見たんですよ」

石黒加奈は澤木が取っている新聞が自分と同じものであることを確かめると、とにかく見てくれと言った。言われたとおり机の上にあった夕刊を引き寄せた。

「社会面の下の方です」

彼女の言う記事はすぐに見つかった。

『不明女児　無事保護（釧路）』という見出しがついている。縦長で四段ほどの扱いである。

――八月六日午後から行方の分からなくなっていた、釧路市内に住む女児（7）が、十日早朝に釧路駅構内で無事保護された。失踪《しっそう》当日、自宅のポストに「五百万」と書かれた便せんが投函《とうかん》されており、両親は自宅で連絡を待っていた。警察は保護現場周辺の聞き込みと併せ容疑者の特定を急ぐとともに、両親と女児から詳しい状況を聞いている――

「石黒さん、どういうことですか、これは」

「先生も喜一郎さんの奥さんから何も聞かされていないんですか」

「この子が梢さんのところにいた子だってことは間違いないんですか」

「梢ちゃんのアパートから駅まで、歩いて十分くらいって言ってました。駅裏側から歩道橋を通って行ったらしいんです。朝四時にひとりで身支度をして出て行ったって。名前を呼んでも、振り返りもしなかったそうです。それで何だか怖くなったって言ってました」

体中の毛が逆立った。節子は一体自分の知らないところで何をしていたのか、新聞記事にある「五百万」とは何なのか。澤木は石黒加奈に、梢とはその後連絡が取れているのかどうか訊ねた。

「折り返し何度も呼んだんですけど、一度も出てくれないんです」

「分かりました。僕から幸田さんの奥さんに連絡を取ってみます。何としても探し出して、事情を聞きます」

受話器を置いた。木田に申しつけられた残業はできそうもない。明日も平謝りで彼女に頼むしかなさそうだった。

節子の携帯に連絡を入れるかどうか迷い、澤木はまず『ローヤル』の事務室に電話を掛けた。管理人の宇都木とし子が出た。

「奥さんは今日そちらにいらっしゃいますか」

「いえ、午後から愛場病院へ行くとおっしゃってました」

きびきびとした気配が伝わってくる。幸田喜一郎が信頼を寄せる管理人と聞いていた。礼を言ってすぐに受話器を置いた。上着を取りに行く時間も惜しかった。澤木は夕刊を持ち、急いで喜一郎の入院先に向かった。

節子が新聞記事を読んでいるあいだ、澤木はベッドに横たわる幸田喜一郎を見ていた。窓の外に広がる葦《あし》の原が、血をこぼしたように朱《あか》く染まっている。喜一郎の胸がゆっくりと上下していた。血圧も、低いが安定している。

「この記事がどうかしたんですか」

新聞から顔を上げ、節子が言った。他人事《ひとごと》のような口ぶりだった。澤木は石黒加奈から得た情報しか持たずに節子を問いただそうとしていた。記事には節子との関連はおろか、梢のこともなにひとつ書かれていない。簡易ベッドで広げていた新聞を折りたたみ、節子が不思議そうな顔で澤木を見上げた。

「さっき、梢さんの叔母から電話があった。『しずく』のオーナーの石黒さんだ。きみが梢さんに預けていた女の子って、一体誰なんだ。その子は朝の四時にひとりで駅に向かったそうだよ」

いつの間にかきつい口調になっている。止められなかった。顔色も変えずに澤木を見上げている節子が、見知らぬ女に見えてくる。幸田喜一郎が眠り始めてから地軸がずれたようになっている自分たちを、元に戻す方法が分からなかった。節子に納得ゆく説明を求めても、答えが得られる気がしない。目で彼女に問う。問いながら、幸田喜一郎に毒づいている。

幸田さん、あなたそんなところで眠っている場合じゃないんだ。

「先生、はなから私が何かしたと決めつけてるけど、一体何が訊《き》きたいの」

「保護された女の子ってのは誰なのか、きみが梢さんに預けた子に間違いないのかどうか。自宅のポストに入っていたという便せんの、五百万って一体何なのか」

節子は大きく息を吐き、淡々とした口調で答えた。

「子供を梢に預けていたのは事実。便せんのことは知らない。朝、梢のアパートに行ったけど誰もいなかった」

「どうやって信じればいい。なんで他人の子供を監禁なんかしてた。何の理由があったんだ」

「理由も根拠もないし、なにひとつ説明できない。監禁なんかしてない」

澤木は自分の頬が怒りで硬く持ち上がってゆくのを止められなかった。

「五百万って、一体なんなんだ」

呟いた澤木に、節子が座るよう促した。

「横に座ったら、また上手《うま》く丸め込まれる。次に何を要求されるか分かったもんじゃない」

「そんなに怒らないでください」

廊下では夕食の配膳《はいぜん》準備が始まったようだ。遠くで慌ただしい足音が交差している。ナースセンターから数えて五室目あたりで、ひとりで食事を摂《と》ることができる患者とそうではない患者に分けられていた。

「先生、病院の夕食って早いと思いませんか。元気で働いている人の都合かもしれないけど。あと、このあいだ話したホテルの継続のことだけど、管理人のとし子さんに相談したんですよ。清掃はパートとはいえ長年勤めているプロ集団だし、月々五万円前後のパート賃金だけど、家庭じゃみんなけっこうあてにされてるらしいの。とし子さんも五十ですから、仕事がなくなったら再就職は難しいでしょう。続けるとしたら、私ものんびりしてはいられなくなりますね」

節子はひと呼吸あとに、先生と逢《あ》える時間も減るわ、と続けた。澤木は腕を組み靴の先を見ていた。相づちひとつ打つ気になれなかった。長い沈黙のあと、節子は「できるところまでやったほうがいいんでしょうかね」と言った。

「何の説明にもなっていないだろう。場合によっては続けたくても続けられない状況だって起こりうること、節ちゃんは分かってるのか」

「どうしてですか」

「状況証拠だけを並べたら、きみがやってたことは身代金誘拐《みのしろきんゆうかい》になる。梢さんがこのまま出てこないなんてことはないだろう。警察はどんな手を使っても彼女を捜し出すよ。この土地を出たことのない二十歳《はたち》の娘が身を寄せるところなんてたかが知れてる。百歩譲って、便せんの五百万は何かの間違いだとして、俺が訊いてるのはそれならなんで他人の子供を黙って連れ出したりしたんだってことだよ」

苛立《いらだ》ちは増してゆくばかりだった。それ以上に、節子を疑っている自分に耐えられなかった。節子がふっと笑顔を浮かべた。

「お昼過ぎからずっとここで幸田の顔を見てたんです。この人、いつも人のことを考えているようで結局自分のことしか考えられなかったんじゃないかしらね。人のことなんか実はお構いなしで、何も怖いものなんかなくて、どんな結果も受け入れられると思ってる自信家。でも、気が向いたときにふっと死を選べるくらい底なしの楽天家です」

節子の声は病室の壁からしみ出すように響いた。

長いため息が漏れた。両手で顔をこすり、もう一度遠くに向かって息を吐く。

「節ちゃん、事情を話そう、警察に。何かの間違いならそれでいいだろう。指紋でも筆跡鑑定でも事情聴取でも、何でもやってもらおう」

一緒に行こう、と澤木は言った。明日、と節子が応《こた》えた。

「今日は、ちょっと疲れました」

脚がもつれた。よろけながら簡易ベッドのそばまで行き、節子の頭を抱いた。ポロシャツの腹のあたりに体温が伝わる。節子が澤木の腰に腕を回した。

澤木はふたりの会話を喜一郎に聞かれているような気がして、そっとベッドを見た。

*

何をしても眠れるような気がしなかった。節子は眠剤の袋を手に持ったまま、食卓椅子に腰掛けた。澤木の疑いはもっともだった。梢の叔母の話と新聞記事を総合して、至極まっとうな考えに辿《たど》り着いただけだ。あんなによく喋《しゃべ》って余裕のない澤木を見たのは初めてだった。頭を抱かれながら嗅《か》いだ日向《ひなた》の匂《にお》いが、たった数時間前のことなのにひどく遠い。

目を閉じると目蓋《まぶた》の裏側に佐野倫子の顔が浮かんだ。笑ったかと思うと妙に悲しげな表情になり女優めいた涙を流す。そしてまた笑う。

まゆみはもう母親の元に帰った。何を心配することがあるだろう。なぜ昨日、少女を家に帰すことをためらったのか。

バッグの中の携帯が震えた。時計を見ると七時を指している。画面に佐野倫子のナンバーが表示されていた。

「どうも、夜分にすみません。佐野と申します。まゆみの父親です」

胸の奥が痛んだ。何かご用でしょうか、と訊ねるのが精一杯だ。

「ご用」

男の言葉がふつりと切れた。数秒の沈黙のあと佐野が話し始めた。

「少しお時間をいただけたら、と思いまして。三十分程度で済むお話なんです。お会いできませんか。たぶん、お互いに早い方がいいと思うんですよ。できれば今夜のうちにと思うんですが、どうでしょうかね」

「電話ではいけませんか。申し訳ないのですが、私もいろいろあって、今日はもう」

「これは失礼しました。ご主人、事故に遭われたんでしたね。そんなときに本当に申し訳ないと思います。でも、お会いしないと、こちらの気持ちも伝わらないような気がしますし。電話じゃざっくばらんなお話にはなりづらいでしょう」

佐野はひと呼吸置いて、娘がお世話になったお礼を申しあげたい、と言った。

「妻もあなたに会いたがっています。短歌の会でもずいぶんよくしていただいていると聞いています。礼を言いたいので来てくれなんてのは非常識ですが、そこを何とか。いきなりこちらから押しかけるより、お越しいただいた方が何かといいんじゃないかと思ったんですが」

「何のお礼か、おっしゃっていることがさっぱり分からないんですが」

携帯電話の向こうで空気が揺れていた。節子はもう一度何の用かと訊《たず》ねた。直後、空気の揺れが佐野のせせら笑いであることに気付き、身構えた。

「面倒くさい話は省きましょう。幸田さんにだってそうそうお時間があるわけじゃない。こちらとしては親切で申しあげてるんです。とにかく来てくださいよ。ちゃんと話しましょう」

用のあるほうが来ればいいじゃないかと食い下がってみた。

「今日の夕刊をご覧になってくださいよ。その上で相談しましょう、今後のことについて」

澤木が病室に持ってきた新聞のことだろう。問答だけで十分以上経《た》っている。佐野は一方的に自宅の住所を告げると、刑務所の通りまで来たら倫子の携帯に連絡を入れろと指示した。

「倫子さんと代わっていただけませんか」

「来れば会えますよ。ちなみに妻の携帯は僕が持ってますから」

節子が応える前に佐野が一方的に通話を終えた。焦《あせ》りも苛立ちも、なぜか感情らしいものは湧《わ》き上がってこなかった。細かな砂に洗われながら少しずつ身が削《そ》がれてゆく、砂漠の岩にでもなった気分だ。

ひとつ前の着信に、澤木のナンバーが残っていた。眺めていると鼻の奥に日向の匂いが戻ってくる。こんなとき澤木が言いそうな言葉がいくつも脳裏に浮かんだ。節子は携帯をバッグに放り入れ、車のキーを手に取った。

刑務所の塀の前まで来てから、指示どおり倫子の携帯を鳴らした。

「門は開けておきます。車は塀の内側の、いちばん奥に停めてください」

先ほどよりわずかに佐野の声がうわずっていた。

佐野の家は米町《よねまち》へ抜ける坂の途中にあった。周囲の民家に比べて大きな家であることが、門柱灯からも分かる。車を停める位置まで指定する理由は、エンジンを切ってから気付いた。ナンバーも車体も高い塀に隠れ、そこだと車があることすら外からは見えない。節子は大きく息を吐き出した。

玄関の前に立つ。インターホンの上に『佐野渉』と書かれたメタル製の表札があった。他の家族の名前はない。佐野が百貨店社長の甥《おい》っ子だったのは昔話だ。個人で細々と輸入雑貨販売をしている三十そこその男に、こんな家を維持できていることがおかしかった。

玄関フロアは広いが装飾過剰で、レース小物で溢《あふ》れていた。ヨーロッパ風の椅子《いす》やテーブル、燭台《しょくだい》など、すべては佐野の商いが滞っていることの証《あか》しだろう。長袖《ながそで》のたっぷりとした綿シャツと仕立ての良いニットパンツ姿で玄関に出てきた倫子は、うやうやしく頭を下げた。

「いらっしゃいませ。奥で主人が待ってます。どうぞ」

倫子は目を合わせようとしなかった。言葉も抑揚がない。古い洋画に出てくる無表情のメイドを思わせた。

南から台風が近づいているという予報が出ていたが、うまくそれたようだ。お陰で、夜になっても二十二度という気温が続いていた。エアコンなど必要のない土地だった。佐野の家も湿気《しけ》るにまかせている。

倫子から微《かす》かに消毒薬の匂いがした。蛍光灯のせいなのか、顔色も悪い。短歌会に来るときのようなしっかりとした化粧はしていなかった。

通された応接間は、暖炉を模した暖房器具がはめ込まれており、普通の住宅よりも天井が高かった。テーブルを囲むゴブラン織りの応接セットの椅子に、佐野渉が座っていた。

「急にお呼び立てして申し訳ありませんでした。こんな風にお会いする予定ではなかったんですが、成り行きということでお許しください」

物言いは丁寧だが、頭を下げる様子はない。

「こんな家に住んでるのが不思議だっていう顔をされてる。みんな、来た人は同じ顔をしますよ。刑事も同じだ。胡散臭《うさんくさ》いって、顔に書いてある。ここね、もともとは日銀の支店長が住んでたんです。社宅にしちゃぁ豪勢な造りだ。一階も二階も防弾ガラスの入った家なんて、ヤクザでもない限り建てませんよ。うちの妻は、隣近所からセレブだなんて小馬鹿《こばか》にされてるらしいです。実際は伯父が羽振りの良い頃に伯母名義で買い取ったものを、僕が安い家賃で借りてるだけなんですけどね」

佐野渉はそこまで言うと、ちらとドアの方向に目をやり、コーヒーが遅いと文句を言った。神経質そうに削げた青白い頬に、爬虫類《はちゅうるい》の気配を漂わせた男だった。座っているので正確な身長は分からぬが、さほど上背があるようには見えない。

「この家も、そろそろ出なくちゃいけないんです。侘《わ》びしい話で恐縮ですが、残念なことに百貨店は建物も土地もすべて他人の手に渡りました。更地にする金もないような買い手ですから、先は見えてますけどね。最近伯父が、そろそろ妻名義の資産を整理して、札幌に小さなマンションを買って移りたいなんて言い出しましてね」

だらだらと自分のことばかり喋《しゃべ》り続けている。節子は相づちも打たず、卑屈に歪《ゆが》んだ彼の口元を見ていた。佐野の唇の右端は、何か話すたび釣り針に引っかかったように持ち上がった。

「それにしても遅いな。あいつ、何やってるんだ」

苛立ちが増すと、奥歯をすり合わせる癖でもあるのか、きりきりと夏虫の羽音そっくりな音がする。音が鳴るたびに節子の腕に鳥肌が立った。

まゆみは姿を見せなかった。玄関から居間へ通じる廊下にも階段はなかった。客からは住人の生活が見えない造りになっているらしい。日銀支店長の家が一体どの程度のセキュリティを必要とするのか分からないが、普通の家族にとって住みやすいとは思えなかった。

小さなノックのあと、二つ並んだドアの右側から倫子が現れた。金色の取っ手が付いたトレイを持っている。倫子は夫の足下に膝《ひざ》をついてテーブルの上にコーヒーセットを二客並べた。シュガーポットとミルクを置くときも、節子を見ない。

椅子に座っていると、倫子のシャツの襟首を覗《のぞ》く格好になった。首の付け根あたりに白いガーゼが見えた。髪の隙間《すきま》から、下半分に血の滲《にじ》んだ耳たぶが見え隠れしている。消毒薬のにおいは怪我《けが》のせいらしい。よく見ると、シャツの袖からのぞく手首に、湿布と見間違いそうな大判の絆創膏《ばんそうこう》が貼《は》ってあった。

佐野渉に勧められるまま、ひとくち飲んだ。

「苦みが効いてるでしょう。このあたりじゃなかなか手に入らない豆です。毎回ローストしてすぐのやつを神戸から送ってもらうんですよ。南米の豆もピンキリです。地震の影響でずいぶん価格変動してますがね」

講釈を垂れながら満足そうに飲み干し、佐野の歯ぎしりはようやく止《や》んだ。倫子は夫のカップに二杯目を注ぎ入れ、居間を出て行った。ドアを閉めた音を合図に、佐野がぐいと身を乗り出し「さて、そろそろ本題に入りましょう」と言った。

「見たんでしょう、まゆみのあれ」

「あれって何ですか」

「とぼけてると朝まで経《た》っても話は終わりませんよ。まゆみの傷を見て、ご親切に匿《かくま》ってくれたことくらいは分かってるんです。でも幸田さんは親切過ぎましたよ。ひとこと僕にことわりを入れてさえくれれば、こんな面倒な話し合いはせずに済んだんです。駅で保護されたまゆみを迎えに行って、すぐに幸田さんが思い浮かびました。シャネルのクリスタルは去年の二月にリニューアルされてずいぶん印象が変わったんだ。この辺りじゃまだつけてる人は少ないんですよ」

節子はそれとなくハンカチを取り出すふりをしてバッグの中に手を入れた。インバッグのポケットに入れておいたアトマイザーがなくなっていた。梢の顔が浮かんだ。昨夜アパートを訪ねたときに、バッグを玄関の上がり口に放った。まゆみに気を取られていた数分。トイレに立った梢。節子は小さくため息をついた。佐野は得意げな表情で節子を見ていた。やはり唇の端が片方だけ持ち上がっていた。

「輸入雑貨販売なんていう仕事をしていると、自《おの》ずとフレグランスには敏感になってしまうんです。どんなに似せた類似品でも、嗅《か》ぎ分けられますよ。僕の特技と言ってもいい。百貨店時代も、輸入部門は僕の担当だったんです。今回のクリスタルは二十代から五十代まで、幅広い層をねらった柑橘《かんきつ》系なんだ。あなたによくお似合いですよ」

札幌のキタラホールにタンゴ楽団の演奏を聴きに行った帰り、駅ビルと続いている百貨店で買った。喜一郎が気に入ってプレゼントしてくれたものだ。

「これ、いい匂いだ。節ちゃんに似合う」

耳奥で喜一郎の声がする。蘇《よみがえ》る声はそれきりだった。

「ポストに入っていたという便せんは、自作自演ってことですか」

佐野が薄笑いを浮かべ、脚を組み直した。光沢のあるパンツはしっかりとプレスされている。薄いサーモンピンクのシャツは、神経質そうな佐野には不似合いだった。くすんだ目元は誘拐犯からの連絡を待っていた数日のせいだと言われれば、誰もそれを疑わないだろう。

「この家に住んでいて五百万という数字は不自然だと刑事に指摘されて、内心汗が出ましたよ。マルがひとつ足りなかった。若い刑事が、すぐに用意できて警察にも届けない金額ということじゃないかと言ってくれたんで、その場は何とか収まりました。

確実性を取ったというなら、敵は相当頭のいいやつだろうってことになった。考えてみれば営利誘拐で五百万はないですよ。ひと桁《けた》足りなかった。ご主人の保険金も入るんでしょう、近いうちに」

「一体何のためにそんなことをされたんですか。犯人がいない犯罪でいちばん疑われるのはあなたたち夫婦でしょう」

佐野は笑いを堪《こら》えても顔が歪むらしい。片頬だけ持ち上げ、鼻の奥からくつくつという音が漏れている。

「まゆみは保護されたあと、ひとことも話さないんですよ。どこにいたとも、誰といたとも、もちろん幸田さんのことも。たぶん一生話さないつもりでしょう。あるいは話せないか。心因性の失語症だなんて診断が下りましたよ。本当かどうか分かりません。強情で嫌な子供《ガキ》なんです」

「だから虐待《ぎゃくたい》したんですか」

「虐待って、人聞きが悪いな。しつけですよ。決まってるでしょう。あんな強情なやつ、ろくな大人になりゃしませんよ。母親が悪いんだ。セレブなんて言われて表面ばかり取り繕ってるからあんなのが育つんです。牛飼いの娘が気取りやがって。あの女、結婚が決まるまで実家のこと、何も言わないで通しましたよ。親は資産家だったけれどふたりともとうに死んでるなんて嘘《うそ》までついて。こうやって生活費が底をついても働きに出るどころか呑気《のんき》に短歌教室ですよ。ふざけるなってんだ。まゆみを呼んでも返事をしなかったんで、ちょっと叱《しか》ったら、連れ子の面倒までみてやってる俺を人でなし呼ばわりだ。娘に向かって『逃げろ』だなんて、一体俺が何をしたって言うんです」

「まゆみちゃんが逃げたあとは、女房に暴力ですか。呑気なのはあなたの方じゃないですか」

佐野は鼻先であぁ、ととぼけた。

「人間の耳って案外簡単にちぎれちゃうものなんですね。ちょっと引っ張っただけでぴりっと顔から離れちゃった。びっくりしたなぁ」

愉快そうに笑った瞬間、佐野の顔が真《ま》っ直《す》ぐになった。節子の両腕を覆《おお》っていた鳥肌は鎮《しず》まり、今度はじくじくとした痒《かゆ》みが足下から這《は》い上がってきた。

「家族への暴力を自慢したくて呼び出したんですか。もう三十分以上経ってますけど、ご用件がそれだけなら、私も疲れておりますので帰らせていただきます」

佐野はまぁまぁと掌《てのひら》を見せた。

「刑事が帰るのを待ってたら、こんな時間になってしまった。何かあったら連絡をくれだなんて言って、うちを張り込んでいることは分かってるんだ。前置きが長くなったことはお詫《わ》びします。これから私が言うことをご理解いただくために必要だったんですよ」

佐野はそこまで言うと、間髪をいれずに「五百万」と続けた。

「貸していただきたいんですよ。せっかくこうして接点を持てたことですし」

「お金を借りるために呼び出したんですか」

「もちろん交換条件があってのことです。あなたがここへやって来てることは、警察はもう確認済みだ。この話、僕の証言次第でどうにでも転がるとは思いませんか」

「逃げてきたまゆみちゃんを一時預かったと、私が本当のことを言えば今度はなぜまゆみちゃんがこの家から逃げたのかが問題になるんですよ」

「まゆみの体の傷ね、まだ残ってるんです。新聞には載ってませんが、この事件は誘拐に加えて監禁暴行で捜査されてるんですよ」

佐野は言葉を切り「表向《こた》きはね」と言って笑った。

「幸田さんが私の要望に応えてくだされば、すぐに倫子を出頭させます。傷を見ればいつのものかくらい、お見通しなんだ。警察《やつら》、わかってて帰ったんですよ。倫子が出頭すれば、母親からの虐待で逃げた子供を、あなたが保護したってことで丸くおさまる。便せんの五百万もあいつのちゃちな隠蔽《いんぺい》工作だ。児童相談所があれこれ言ってくるかもしれないが、おそらく私の証言でどうにかなる程度のものでしょう。考えてみて下さいよ。私が捕まったら、妻も子供も路頭に迷ってしまう。あのふたりを救ってやってくれませんか。まゆみは本当のことなんか言いません。そういう子です」

節子は大きく息を吐き出した。倫子を出頭させても必ずほころびは出る。今、要求をのんだところで、この男の内側に巣くっているものはなにひとつ変わらず、暴力の頻度も増すだろう。自分が犯してきたあらゆる罪から逃れるために。

放っておけばいい。金を出す理由などひとつもない。たった五百万でこの男が納得するとは思えなかった。首を横に振って、佐野が自滅するのを横目で見ていればいいのだ。節子の手元には倫子がまゆみに持たせたメモがある。警察にそれを出せば済むことだった。

そしてしょげ返った夫を見た倫子がまた寄り添う。佐野も倫子も同じことの繰り返しを一生楽しんでいればいい。

ふと、まゆみの大きな目が脳裏をよぎった。節子は佐野の眼差《まなざ》しを避けて、膝の上のハンカチを折りたたんだ。

「貸していただけませんかねぇ」

「分かりました。明日までに用意します。それでいいですか。当然、借用証も書いていただきますけど」

佐野の表情がパッと明るくなった。

「もちろんですよ。金って、やっぱりあるところにはあるんだなぁ。神様は本当に不公平だ」

爬虫類が満面の笑みを浮かべたら、おそらくこんな表情になるのだろう。節子が椅子から立ち上がると、佐野も腰を浮かせた。佐野はドアに向かって歩き出した節子の背中に向かって「じゃあ明日の午後一時ってことで」と言った。応えず玄関へと出た。パンプスに足を入れると、佐野の背後から倫子が現れた。白い壁だとばかり思っていた部分はドアになっているらしい。倫子が濁った瞳《ひとみ》を節子の視線に絡《から》ませた。佐野が陽気な声で妻に話しかける。

「幸田さんは分かってくださったよ。お前からもちゃんとご挨拶《あいさつ》しなさい。ほら、ちゃんとお礼を言って」

最初に電話を掛けてきたときと同じ、柔らかな声に戻っていた。小突かれるようにして一歩前に出てきた倫子は、得意の涙も流さず節子を見つめている。その目は睨《にら》んでいるようにも何かを訴えているようにも見えた。節子は佐野よりずっと柔らかな声で語りかけた。

「ゆっくりお話しする時間が欲しいですね。まゆみちゃんはいい子ですよ。そんなこともいろいろお伝えしたかった。すぐに連絡すれば良かった。反省しています。ごめんなさいね」

まゆみによく似た大きな瞳が細かく揺れ出した。倫子が口を開きかけた瞬間、佐野が肘《ひじ》で妻を背後へと押しやった。倫子がよろけながら後ずさる。節子とそう上背の違わぬ小男がにやりと笑った。

「じゃあ、明日の午後一時に、お待ちしています」

玄関を出て、節子はぐるりと周囲を見回した。背伸びをすると、道路の向かい側にある細い路地に、車が一台停まっているのが見えた。人が乗っているようだ。節子が一体どんな用件でこの家にやって来たのか、めまぐるしい早さで情報が行き交っていることを想像する。

生暖かい南風が止み、海霧が街を覆い始めていた。門柱灯は雪洞《ぼんぼり》のように膨らみ、近づいてくる霧の粒子を照らしている。海が近いのも考えものだ。この霧では夏がくるたび息苦しくて仕方ないだろう。家の造りも堅牢《けんろう》なら門もどこか冷ややかな気配を漂わせていた。

立ち込めてゆく霧とは真逆に、節子の気持ちは晴れ始めていた。夜霧を体いっぱいに吸い込んでみる。喜一郎の言葉が耳の奥に響いた。

「節ちゃんは大層な女優で野心家だ。演技力ならそのへんの役者よりすごいんじゃないのかな」

霧はいっそう密度を濃くして内陸に向かって進んでいた。

8

翌日午後一時に佐野家を訪ねた。

「これ、まゆみちゃんに」

手渡した菓子店の包みを受け取る倫子と目が合った。節子はにっこりと微笑《ほほえ》み、倫子の視線を受け止めた。佐野は昨夜と同じ椅子《いす》に腰掛けている。節子が応接間に現れても、立って挨拶《あいさつ》することもない。

一晩、ほとんど眠っていなかった。手元に残っていた睡眠薬を砕き、それをどうやって倫子に使わせるかを考え続けた。薬を粉にしたあとは、倫子の目が覚めるような一文を考えねばならなかった。

午前零時に一度、午前七時と九時にも一度ずつ、澤木からの着信があった。彼もまた眠れぬ夜を過ごしていることが分かっただけで充分だった。今頃はとし子に行き先を訊《たず》ねている頃だろうか。無事に戻れたら真っ先に連絡を入れようと決めた。

——まゆみちゃんのために——

賭《か》けだった。オブラートに包んで匂《にお》いの良い言葉を何行書き連ねたところで、倫子がこちらの本意に気付かなければすべて無駄になる。たった一行のメモを、一晩中推《すい》敲《こう》したのは初めてだ。結局朝までにこれ以上の言葉は思い浮かばず、節子は便せんの真ん中に詠草《えいそう》のようにしたため、粉にした薬が入った小袋とともに封筒に入れた。倫子との話は、佐野が無事眠ってからだ。

洋菓子店で菓子折を買い求めた。手提げ袋に入れた菓子折の赤いリボンの下に、砕いた睡眠薬と手紙をすべりこませた。昨夜見た車は見あたらなかった。場所を移したのかもしれない。どこからこの家を眺めているのか知らないが、よく見ておけという思いで佐野家の玄関に入った。

倫子は節子から受け取った菓子包みを抱え、台所へ続くドアに消えた。

「この状態で手みやげとは、幸田さんも人がいい。僕は昨夜我ながらずいぶん大胆な頼み事をしてしまったとビクビクして、酒ばかり飲んでました。あなたが警察に駆け込んだらどうしようとかね。いろいろ考えていたら朝になってた。お陰で今日は体が怠《だる》い。面倒な話は抜きでさっさと終わらせましょう」

佐野は座っているのも辛《つら》そうだった。着ているものは昨日と同じシャツとスラックスで、ソックスも替えていないようだ。一晩中飲んでいたというのは嘘《うそ》ではないらしい。

節子は曖昧《あいまい》に微笑み、長い夜でしたね、と呟《つぶや》いた。佐野が眉《まゆ》を寄せた。

「昼までかかって、何とかお金をかき集めました。私も眠っていません」

「それはすみませんでした」

佐野が薄笑いを浮かべた。脚を組み、つま先をぶらぶらさせながら顎《あご》を突き出している。視線が節子の周囲を泳いだ。傍らにはショルダーバッグひとつしかない。薄笑いが訝《いぶか》しげな表情へと変わった。

「実はお渡しする前に少しお話ししておきたいことがあって。お金は車の中に置いてきました」

「そりゃあ少し物騒じゃありませんか」

佐野の瞳《ひとみ》がどろりとした光を放った。指先でかりかりとゴブラン織りの肘掛《ひじか》けを掻《か》いている。頬が引きつっていた。

「話って何です。昨日のうちに終わったんじゃないですか」

「終わっていない話があるんです。昨日は佐野さんが一方的にご自分に都合のいい考えを述べられただけだと思っています」

佐野はケッと鼻を鳴らし、面倒だと言わんばかりの表情でドアを睨《にら》みつけ、「おい」と大声を出した。

「さっさと持ってこい」

節子は息を吐き、窓の外を見た。倫子が封筒を開けてくれていることを祈った。手入れの行き届いた花壇を高い煉瓦《れんが》塀《べい》が取り囲んでいる。バラ用のアーチに季節はずれのミニバラが三つ四つ赤紫色の花をつけていた。松や桜の木が、近隣の家が見えない配置に植えられている。節子は開いているミニバラのひとつひとつに祈った。

こんな家に住んだところで、賃貸では何の自慢にもならないだろう。つまらない見《み》栄《え》でも、彼にとっては手に入らぬよりはましなのだ。

「幸田さん、何を考えてるんですか」

佐野は、肘掛けに爪《つめ》を立て続けている。酒の抜けきっていない白目は血走っていた。しんとした応接間で、バッグの中の携帯電話が空気を揺らした。佐野が、出ないのかという表情で顎をしゃくった。

コールが終わったのと小さなノックが聞こえたのはほぼ同時だった。ドアが開いて、倫子が昨夜と同じコーヒーセットを盆に載せて現れた。表情をまるごと取り外した顔に、薄い化粧をしている。機械のような動きで佐野の足下に膝《ひざ》をつくと、誰とも視線を合わせることなくコーヒーセットを置いた。節子の前にはシュガーポットとミルクが、佐野の前には小さなミルクポットが置かれた。中に入っているのは洋酒のようだ。

佐野はそれをすべてカップに注ぎ入れると一気に飲んだ。節子はいびつなブラウンシュガーをひとつ落とし、ゆっくりとかき混ぜた。土産の洋菓子が出されないことを思うと、カップを持つ手が震えた。倫子が立ち上がる。ふと見上げると、お姫様と揶《や》揄《ゆ》された笑顔があった。

佐野がカップを振ってもう一杯よこせという仕草をした。倫子はウエイトレスのように銀色のポットからコーヒーを注ぎ入れると、再びドアの向こうに消えた。

節子はひとくち飲んだふりをした。カップを皿に返したあとは、震える手を必死で握りしめていた。

「幸田さん、終わってない話って何ですか。本当は金を工面できなかったなんていうことでしたら、勘弁してくださいよ。借金を頼んでおいて恐縮だけど」

片頬をつり上げて佐野が言った。その目は血の涙が溢《あふ》れ出そうなほど充血していた。

「倫子さんとまゆみちゃんのことです」

昨夜芽生えた「この男を消したい」という欲求から、目を逸《そ》らさぬことに決めた。すり鉢で眠剤を砕きながら、これだけあれば、と思ったのではなかったか。眠らせることが最終目的ではない。朝が来てもその思いは消えなかった。選ぶのは倫子である。だから祈っていた。

「あのふたりがどうかしましたか」

「ふたりの今後のことです」

今後、と佐野の語尾が上がる。節子はできるだけゆっくりと言葉を繋《つな》いだ。

「奥さんの連れ子を虐待《ぎゃくたい》するなんてのはよくある話です。別に驚くようなことじゃありません」

「だから、虐待なんかじゃなく、しつけだって言ってるでしょう」

どちらでもいい、と突き放すと男の表情に怒りが混じった。どう考えてもずさんな計画だと、佐野も気付いているのだ。

「私に五百万なんていう金額を提示する以上、こちらも交換条件を出していいと思うんです。あのふたりの友人として、私ができるのはこのくらいなんですから」

友人、と言って佐野は笑い始めた。

「幸田さん、あなた僕が思ったよりずっといい人だ。いや、人がいいんだよ、やっぱり。僕は倫子の友人になんて、会ったことないですよ。女友達の名前なんか、聞いたこともない。だから、クリスタルの匂いを嗅《か》いだとき、心底驚いたんだ」

佐野は指先で目頭をこすりながら、ひとしきり笑っていた。

「あれが前の亭主に捨てられた理由、知ってますか。友人なんだから知っててもおかしくないか。僕も伯父が雇った興信所の報告書で知ったんですけどね。借金ですよ、借金。あいつ、一度自己破産してるんだ。全部隠すの大変だったろうな。本籍まで移してました。まんまと騙《だま》されたんですよ、僕は」

目が挑むように節子を捉《とら》えた。皮肉な笑いは消え、下から睨みつけている。

「おかしな意地を張らずに、結婚前に報告書を読んでおけば良かった。伯父のでっち上げなんかじゃなかったんだ」

佐野の言葉はしっかりしており、節子を落胆させた。祈りは続いている。震えは止まらない。倫子が見せた微笑みの意味を探り続けた。結局一晩考えに考えたほど、自分は佐野倫子という女を信じてはいないのかもしれない。節子はもう一度、便せんにしたためた一行をこめかみの奥で繰り返した。

『まゆみちゃんのために』

何が足りなくて、何が間違っていたのか。倫子は便せんに気づいたのか、それとも。

必死で考えた。佐野がこのまま眠らなかったらと思うと、背骨がぐらつきそうだ。節子は懸命に目の前の男の様子を窺《うかが》い続けた。佐野の顔色は陽の光のなかでも青白く、額には暑くもないのに玉の汗が浮かんでいる。一晩中酒を飲んでいたせいなのか薬が効いているのか、判断がつかない。

節子は小さく息を吐き、白いミルクポットに視線を落とした。

そのとき佐野が小刻みに揺れ出した。体を両腕で支え、ときおり白目をむきながら、必死で己の体に襲い来る睡魔に抵抗していた。

「幸田さん、面倒な話は止《や》めましょうや。こっちも二日酔いでしんどい。さっさと金を置いて帰ってくれませんか。どうせあいつらに手をあげるのはやめろとか、そんなこと言いたいんでしょう。分かってますよ。どいつもこいつも善人ヅラで、何言って……やがる。自分の女房、や娘、に、何しようと……俺の……ほっとけよ」

佐野の体は背もたれを離れ、大きく右側の肘掛けに倒れ込んだ。節子はひとつ大きく息を吐いた。男の口から唾液《だえき》が流れ落ちた。

立ち上がり佐野を見下ろしていると、倫子が体を斜めにして部屋に入ってきた。応接セットに近づいてくる。手に持っているのは見覚えのある封筒だった。倫子は夫の側《そば》にやってきて、一瞥《いちべつ》したあと節子に向き直った。

「すみませんでした」

まゆみちゃんは、と訊ねると天井を指差し、二階にいると答えた。

「私が呼ぶまで降りてきません。大丈夫です」

倫子が封筒の中から五センチ角のビニールパッケージを取り出した。手元に残っていた三錠を砕いて粉にしたのだが、すべて使ったようだ。一錠で二時間泥のように眠れたからといって三錠で六時間という計算にはならないだろうが、しばらく眠ってくれるのは確かだった。

「ありがとうございます。これ、お返ししておきます」

封筒を差し出し、倫子がぼそりと言った。

「この人の寝顔を見るの、何年ぶりだろう」

倫子は、夫は自分やまゆみが眠ったのを確認するまで、決して眠ろうとはしなかったと言った。百貨店経営が思わしくなったあたりから続いているという。

「どのくらい眠っててくれますかね」

「分からないけど、全部使ったなら三時間くらいは大丈夫かな」

倫子の視線が節子の背後の壁に移った。節子もつられて振り返る。金色の枠にぐるりと妖精《ようせい》のモチーフをちりばめた、ヨーロッパの古城を思わせるデザインだった。時計を見つめる倫子の眼差《まなざ》しは怖《おそ》ろしく冷ややかだった。節子が佐野家を訪れてから五十分が経《た》っていた。受け取った封筒をバッグに戻す。携帯が節子を呼んでいた。澤木だった。

「お風呂《ふろ》にお湯を入れてきます。昼風呂の好きな人なんです」

倫子はそう言うとドアの向こうに消え、一分ほどで戻ってきた。頰に赤味が差している。急に血色が良くなった彼女は、先ほどコーヒーを運んできた女とは別人のように見えた。倫子の傍らで、佐野渉が寝顔をさらしていた。見下ろしている妻の顔には慈愛めいた微笑みが浮かんでいる。

「背中の傷、どうなの」

倫子は、ちらと自分の肩先を見て、火傷《やけど》なんです、と答えた。

「馬油を塗って、化膿《かのう》止めと一緒に痛み止めも飲んでるので大丈夫」

「そう」。節子は黙り込み庭を見た。窓の向こうにあるミニバラのアーチが夏の午後に映えた。バラは、この家で淡々と幸福な家庭を詠《よ》んでいる倫子のようにも見えた。

節子は言葉を探しながら、室内に視線を戻した。

倫子が夫の座っているひとり掛けの椅子《いす》を引いた。絨毯《じゅうたん》の上に彼を下ろすと、脇《わき》に両手を入れて引きずり始めた。節子は視線で静かに倫子の動きを追った。

ドアの向こうに佐野の両脚が消えかかった。倫子が初めて節子に助けを求めた。

「ごめんなさい、ちょっと手伝ってもらえませんか」

すんなりと体が動いた。お茶の用意を手伝う気軽さで、節子はドアに駆け寄った。仰向けの夫の両脇に腕を入れ、倫子が苦笑いをしている。

「ここ、段差があるのでちょっと両脚を持ってくれると助かります」

節子は言われるまま、佐野渉の膝の下へ腕を掛けた。ずっしりとした重みが肩や背にかかる。三つの段差の向こうがバスルームのようだ。脱衣室だけで四畳半の広さがある。全自動洗濯機と壁の幅いっぱいの洗面台、リネン類をストックする棚。すべて整然としていた。

倫子は観音開きになっているスチール製の戸を開いた。二坪はありそうなバスルームは、かび臭さもなく、手入れが行き届いている。応接室を取り巻くかたちで配置された水回りは、凍結の厳しい北国の造りとしてそぐわないようにも思えるが、その分壁も厚く暖房設備も行き届いているのだろう。

「上を頼みます」

倫子が夫のパンツのベルトに手を掛けた。節子も佐野渉のシャツのボタンを外し始める。倫子の動きには少しのためらいも感じられなかった。

佐野渉の、つるりとした胸板が呼吸のたびに上下していた。節子は病室で眠っている喜一郎を思い出した。男たちは今、どんな夢をみているのだろう。女たちは黒々とした現実を抱いて前へ前へと進んでいる。罪悪感など感じる暇もない。節子はふと、母の顔を思い浮かべた。奔放な彼女の生き方にも、そんなものはなかったのではないかと思った。倫子も自分も、そして母も、罪の意識を持つために必要な何かが欠落している。持って生まれなかったのか、それともどこかで取りこぼしてしまったのか。どちらにしてもあればあるなりに面倒で、なければないなりの生き方しかできない。

洗い場に横たえた夫の体を跨《また》いで、倫子が湯船のふたを開けた。大人ふたりくらいは楽に足を伸ばして浸《つ》かれそうだ。黒い大理石を基調にした洗い場には、湯あかの跡ひとつない。ラブホテルの、水を一滴も残さないプロの清掃を思わせた。

倫子はその、頑固に磨き込まれた浴室の床に立ち、節子と向き合った。

「私ひとりでは入れられない。節子さん、手伝ってくれますか」

節子は遠慮のないため息をひとつついた。

「そういう言い方やめて。選択権がこっちにあると念を押さないで」

「じゃあ、お願いします」

倫子の語気は揺れなかった。湯船の縁に引き上げた上体を支えながら、脚を頼むと言った。節子は言われたとおり佐野の両脚を持ち上げ、湯に入れた。生きた人間という感じがしない。等身大の人形を見ているようだった。そのくせ湯に浸けたところで目覚めないかどうかが気になっている。倫子が湯船の縁に上がり、少しずつ夫の体を沈めた。

「薬、足りてるかな」

呟《つぶや》くと、倫子が夫の上半身を立て掛けながら「大丈夫です」と言った。

「筋弛《きんし》緩剤《かんざい》も使ってますから、酒と睡眠不足でいずれは昏睡《こんすい》状態になったでしょう。肩こりで受診すると出る薬なんです。いただいた薬は駄目押しみたいなものです」

「一緒に使ったの」

「ええ、せっかくですから」

湯船に沈めた佐野の体は、目覚めるどころか軟体動物のように頼りなく、倫子が腕を放したら頭まで沈んでしまいそうだった。

「朝からずっと、頭痛薬を寄こせってきかなくて。錠剤がよく似てるんで助かりました。ロープを用意していたんですけど、これだけ深い眠りなら、こっちの方が自然に見えると思います」

倫子が長袖《ながそで》のシャツを両肘《りょうひじ》まで濡《ぬ》らし、夫の体を湯の中に座らせた。体を固定するために彼女が使ったのは、雑貨小物などで見かける、プラスチック製のバスピローだった。湯船用の枕《まくら》に支えられた佐野の首は、それ以上湯に滑り込まなくなった。

「ちょっと肩を押さえておいてください」

彼女は脱衣所からカッターナイフを持って浴室に戻ると、刃先を三センチほど出した。

倫子は湯に手を入れて、夫の右手にそれを握らせた。油断すると腕と一緒に体が持ち上がってくる。節子は肩を押さえる手に力を入れた。

倫子が左腕を持ち上げた。手首に素早く刃を滑らせる。透明な湯に一瞬赤黒いマーブル模様が散った。深傷《ふかで》ではなさそうだった。節子は佐野の肩口を押さえながら、倫子の動きを見ていた。カメラを通して覗《のぞ》き見ているような感覚しかなかった。

もう一度、今度は少しゆっくりと刃先を滑らせた。二度目はかなり深いようだ。

佐野の呼吸音が風呂場の壁に反響している。血のしたたる腕を湯に沈めた。傷口から、心臓の動きに合わせて煙のように血が噴いた。

「この日を待っていたのは、私じゃなくこの人なんです」

倫子は深く息を吐いて、湯の中で夫の肘の内側から手首に向かって深々とカッターを走らせた。肘の内側から手首まで斜めに走った亀裂《きれつ》が、湯の中で戸惑いながらふわりと口を開く。

瞬《またた》く間に血煙で何も見えなくなった。倫子はカッターを夫の右腕と共に湯船の底に沈めた。やがてそのカッターも佐野の体も、湯に沈んだ部分にはすべて赤黒い幕が下ろされた。風呂のドアを閉めた倫子は、佐野から剝《は》いだ衣服を、シャツ、パンツ、下着の順に脱衣かごに落とした。

倫子は節子と佐野が使った食器を台所に下げ、首を傾《かし》げた。節子はどうしたのかと訊《たず》ねた。

「これをどうしようかと思って」

拭《ふ》いて食器棚に収めてしまうとやり過ぎだという。かといって薬の入ったコーヒーをそのままにしてはおけない。

数秒後、倫子は迷いの消えた手つきで使った食器を洗い、台所の水切りバットに伏せた。台所の様子はモデルハウスの写真を見ているようだった。生ゴミもなければ鍋《なべ》のひとつも出ていない。洋菓子の箱はリボンを掛けられたまま調理台に載っている。生活感のまったくない台所で、手早く洗った皿とカップ、銀色のポットが浮いていた。

倫子は応接間に入るとゴブラン織りのひとり掛け椅子を元の位置に戻し、絨毯にできた猫脚の窪《くぼ》みや眠った夫を引きずったときにできた筋を丁寧に直した。

時計を見た。佐野家に着いてから一時間半が経っていた。

まゆみを連れて玄関に現れた倫子は、六花亭へ行きましょうと言った。控え目なレースが付いたチュニックに膝丈《ひざたけ》のレギンスを合わせ、ニットパーカーを羽織っている。まゆみも似たような服装だ。

まゆみは節子を見た瞬間、満面の笑みを浮かべた。顔から喜びがはみ出そうだ。先日梢の部屋で別れたときの彼女と目の前にいる少女はまるで別人だった。

春採湖《はるとりこ》を見下ろす高台にあるパーラーは、一階が和洋菓子の販売フロアになっており、女子供で賑《にぎ》わっていた。緩い螺旋《らせん》状の階段を上がって行くと、ちょうど窓際《まどぎわ》の席がひとつだけ空いており、倫子はまゆみの手を引きその席へと足を向けた。まゆみと節子はワッフルと紅茶、倫子はケーキのセットを頼んだ。

倫子は短歌会で見る彼女に、まゆみも夏休みの一日を母とすごす少女に戻っている。

「節子さんは、どんなときに歌を詠《よ》むんですか」

屈託のない笑顔で訊ねる母親の横で、まゆみも眩《まぶ》しげな瞳《ひとみ》を節子に向けた。梢のアパートにいたときの、暗い目をした少女ではなかった。力を失いかけた午後の日差しに照らされながら佐野母娘《おやこ》の笑顔を目にしていると、さきほどのことも、ここ数日にあったことも、すべてが遠い夢の中の出来事のように思えてくる。

「どんなときって、あんまり意識したことはないけど。ぼんやりお風呂に浸かってるときとか」

佐野の左腕を思い出し、語尾が曖昧《あいまい》になった。倫子の笑顔に翳《かげ》りはなかった。節子は自分の内側に広がる景色を覗き見されているような気がして口を閉じた。

「私は家の掃除をしているときかなぁ」

倫子の笑顔は、妻が家族のために愛情込めて家の手入れをしている様子を想像させた。

この女はいつもこうして、自分の置かれた状況に脚色をしながら前に進んできたのだろうか。自己破産した事実をひた隠しにして結婚したという過去も、彼女の中では上手《うま》いドラマに仕上がっているかもしれない。

倫子はまた、先日の披講会の話題を蒸し返した。自分の解釈に間違いはなかったと主張している。どんな感想でも別に構わないのだと言うと、余計むきになった。

「そんな受動的なことじゃだめです」

「別に誰かに褒めてもらいたくてまとめた歌集じゃないし、もしもそういうつもりならもっと別のアプローチをしたと思う」

　言いながら、その白々しさに笑いそうになった。別のアプローチとは一体何だ。脳裏に澤木の顔がよぎった。無性に、彼に触れたかった。

「褒めてもらうのが目的じゃないのなら、どうして出版したの」

　倫子の眉間《みけん》に皺《しわ》が寄った。褒めて欲しい、欲しくないの問題ではなかったつもりだが、活字にして幾人かではあっても他人の手元に届けるという行為の片隅に、過剰な自意識がなかったかと問われたら言葉に詰まる。

「私、節子さんの短歌好きです。相聞歌《そうもんか》の限界に挑戦している感じがするんです。言いたいことって、男と女のことなんかじゃないんでしょう。会ではもっと傲慢《ごうまん》に主張したっていいと思うんだけど」

「謙虚だと言われたこともないけど」

　倫子は表情を和らげて、品良く笑った。まゆみもまた、母親を見上げて微笑《ほほえ》んだ。節子は倫子の屈託のなさより、ひとことも話さぬ少女が見せる母親そっくりな笑顔を恐れた。

　節子は自分も幼い頃律子にそっくりだと言われたことを思い出した。娘は母を真似《まね》て育つのかもしれない。同じ生き物をこの世に生み落とした女に、いくばくかの後悔をさせるために。

遅い昼食代わりのスイーツがテーブルに並んだ。まゆみは器用にナイフとフォークを使いながらワッフルを口に運んでいる。倫子も丁寧な仕草でケーキに巻かれたセロファンを剝いだ。

西日の眩《まぶ》しさと倫子の笑顔が重なり、眼裏《まなうら》に銀色の膜がかかった。節子も目の前のワッフルを口に運んだ。生クリームの白さが死にゆく男の頰の色を思い出させた。ケーキをあとひとくちというところまで食べた頃、倫子がつと顔を上げた。

「まゆみのこと、節子さんなら必ず見つけてくれると思ってました。夜になってもどこからも連絡がないので、無事逢《あ》えたんだって安心しました」

たった今ワッフルが通って行ったところを、不快なものが逆流してくる。ずっと胸にあった疑問が口を突いて出た。

「どうしてそんなになるまで放っていられたの。私、最初はあなたがまゆみちゃんをつねってるんだと思ってた」

倫子は「気付いてました」と言って数秒黙った。

「目つきが気に入らないというのが、彼がこの子に手を上げた最初の理由でした。あういう人は、一度撲《なぐ》ってしまうと止まらなくなるようです」

倫子は最後のひと切れを口に入れた。まゆみは母の言葉が聞こえていない素振りで、ワッフルにナイフを入れている。少女がなぜここまであどけないふりをするのか分からない。

「最初は友達の家に泊まりにいったことにしていました。二晩経《た》って、その家を教えろと言われたんで黙っていたら、背中をライターで炙《あぶ》られたんです。これで迷いが消えたと思ったら、熱くもなかった」

倫子の耳たぶはまだ乾いた血に縁取られていた。倫子の顔から眼を逸《そ》らすことができなかった。彼女の言う迷いとは一体何だろう。

「香水の匂《にお》いがあなたのものだと、私より先にあの人が気付いてしまった。それでわざと左手で金額を書いた便せんを、警察に差し出したんです。くしゃくしゃに丸められて郵便受けに入っていたなんて。あんなものすぐに見破られてましたよ。警察が疑っていたのは、佐野本人でした」

倫子はポットの紅茶をカップに注ぐと、にっこりと微笑み頭を下げた。

「これからいろいろと面倒な時間が続くと思いますけど、よろしくお願いします」

澤木の声が聞きたかった。都合のいいことだと思いながら、連絡を絶っていることをどういいわけしようかと考えている。

白々しく短歌の話などしているうちに、午後四時になった。太陽はいっそう強く輝いていた。節子は西日に照らされながら、今年の夏が永遠に終わらないような気持ちになった。

化粧室に立ち、個室で携帯の画面を見た。三十分前にとし子から着信が入っていた。事務室にいるとし子を呼んだ。

「厚岸のお寺の奥さんという方から電話があったんですよ。連絡が欲しいそうです。急いでいるようだったので、携帯を鳴らしました。すみません」

浄奉寺の坊守《ぼうもり》の顔が浮かんだ。母よりひとまわり年上の、地域の世話役だ。お寺の片隅で託児所を開いていた。大人の女たちをとりまとめるのは上手かったが、子供たちにはまったく人気がなかった。母親たちがいるときといないときの態度がまるで別人だった。

とし子から電話番号を聞き、手帳にメモした。すぐに連絡すべきかどうか迷っていると、とし子が言った。

「私も厚岸の出身なんです。高校のとき釧路に出たきりなんで、もう実家も何も残っちゃいませんけど」

「厚岸の、どのあたりなの」

「湾の少し釧路寄りです。父親は苫多《とまた》で漁師をしてました」

幼い頃アメリカだと思っていた海岸にとし子がいたのだと思うと、鼻先に潮の香りが蘇《よみがえ》った。

「あとで電話してみます」

席に戻った節子を見て、倫子がにこりと笑った。

「いつパトカーが来るだろうと思って、ずっと窓の外を見てました」

S字にくねった坂を、二台の乗用車が下りていった。警察がやってくるとすれば確かにこの坂を使う。節子はなぜそんなことを、と問うた。

「節子さんが化粧室に立ってから、そんなふうに思わないようにしようって強く自分に言い聞かせてました。でも、すぐに携帯電話であなたが警察に連絡する場面が思い浮かんでしまって。うまく言葉にできないけど、もしかしたら私、怖いのかも」

真《ま》っ直《す》ぐな瞳で「あなたを疑っている」と言われているのだった。悪い気はしなかった。先刻の行動を共有している連帯感など、風が吹けば簡単に消えてしまうだろう。倫子がもしも本当に疑っているのなら、「あなたを信じています」という言い方になる。結局自分たちは、駆け引きなど必要のないところまで来てしまったのだ。そこがどんな危険な場所かを話し合う前に。

「怖いのは、まだ守りたいものがあるせいかもしれませんね」

優雅に開いては閉じる、倫子の唇を見ていた。まゆみが母の視線に気付いて顔を上げた。大きな瞳が四つ、節子に注がれた。

「私はもう、守るものも怖いものもほとんどないみたいよ」

呟《つぶや》くと、脳裏に澤木の横顔が浮かんだ。目の前の母と娘は薄気味悪いほどそっくりな笑みを浮かべていた。

倫子が海側へ大きく傾いた太陽を見たあと、腕の時計に視線を落とした。傾げた首を戻す。そろそろ、と彼女が言った。

「帰ってもいい頃かな」

家に戻った倫子はまゆみを二階へ戻し、風呂場《ふろば》の様子を見にいった。頼まれたわけでもないのに、節子もあとに続いた。昼時よりも空気が湿っていた。風呂場の扉を開けた倫子の横顔に、目立った変化はなかった。

佐野は出て行ったときと同じ格好で湯船に浸《つ》かっていた。赤黒い湯はべったりと凪《な》いで、石膏《せっこう》の胸像を載せた布のようだ。倫子は「怖い」と言ったことなど忘れた顔で風呂場を出て、応接間の隅にあるヨーロッパ風のごてごてとした電話台の前に立った。

「ここから先、節子さんは親切な友人。病院でまゆみを保護したことも、数日預かってくれたことも、隠さず警察におっしゃってください」

「その計画、無理はないの」

倫子の頬が軽く持ち上がった。乾いた声が応接間に響いた。

「私は今日の午後、すべて警察に話すと宣言して家を出たんです。不眠、暴力、恐喝、借金。彼が死にたいと思う理由は充分です」

倫子は、風呂場の出来事だけを記憶からそぎ落として証言するようにと言った。

「五百万貸せって言われたことも話すの?」

倫子はかくんと首を折った。

「今日、節子さんは佐野の要求には応じなかった。私は友人まで巻き込んでしまったことに耐えられず、まゆみを連れてあなたと一緒に警察へ行くと言い残して家を出たんです。時間も、張り込み中の警官が確認しているはずです。彼らが疑っているのは私たちじゃない。佐野の方だったんです。行き先は確認したかもしれないけれど、少なくとも六花亭で私たちの会話が聞こえるような場所に、警官はいなかった。やましいことは何もありません」

倫子には倫子のシナリオがあった。彼女の筋書きによれば、節子はまるきりの脇役《わきやく》だった。酒乱と暴力は、もしかしたら節子より友部が証言したがるかもしれない。節子は、ある日突然病院のロビーでまゆみに頼られ、誰にも話せないまま義理の娘の部屋に少女を匿《かくま》った友人という役どころだった。家に帰りたくないという少女をもてあましてはいたが、体の傷を見ると親に連絡を入れることもためらわれた、ということだ。事情を知らない義理の娘が面倒になって駅に置き去りにしたことで、佐野の計画が生まれた。

役が脇へと流れたせいで、節子にとって都合の良い展開になっている。できすぎではないかと言ってみるが、倫子は大丈夫と繰り返す。

「私は最初から倫子さんにまゆみちゃんのことを頼まれていたってことで大丈夫じゃないの。知らなかったのはご主人だけだった。彼が誘拐事件をでっち上げたのはあなたと私のいちばんの誤算で、ふたりが通じていたのを知られたら、また暴力を振るわれると思ったって、そう言えばいいじゃないの」

倫子は首を横に振った。

「それじゃあ火に炙られても耐えた意味がない。節子さんは何も知らずにまゆみを保護した親切な友人で充分。あなたはまゆみが唯一《ゆいいつ》頼れる大人だったんです。じゃないと困るんです。持たせたメモは必ず燃やしてください」

まゆみのことでふたりが通じていては、佐野の自殺が急に信憑性《しんぴょうせい》を欠いたものになる、と倫子は言うのだった。そうなれば血の浴槽に「共謀」の疑いが掛かる。倫子はあくまでも佐野渉の自殺は「経済的な事情と、誘拐の自作自演の発覚と、妻や子供への暴力が明るみになることへの恐怖」からであると言って譲らなかった。

「分かった」

節子は自分の役まわりを承知した。幸田節子は謝る倫子を六花亭のパーラーで慰めた親切な友人、佐野の思いつきに巻き込まれた被害者だった。

倫子は迷いのない指先で一一九番を押した。数分でやって来た救急隊員を風呂場へ案内してすぐに、その場に崩れた。節子も、引きあげられた夫の亡骸《なきがら》に取りすがる倫子の肩を抱きながら、友人を演じ続けた。

佐野渉は、一階の奥にある和室に布団《ふとん》を敷いて安置された。倫子や節子の事情聴取に使われたのは、応接間だった。

節子に事情を訊《き》く際、私服警官の表情はほとんど変化しなかった。節子は病院のロビーでまゆみを見つけたときのことから、喜一郎の状況、義理の娘にまゆみを預けたものの説明不足で放置に至ったことなど、詫《わ》びと後悔をとり混ぜながら倫子の希望どおり話した。

「要求された金を、彼に渡したんですか」

「昨夜は大変感情が高ぶってらっしゃるようだったので、一晩考えさせてほしいと言いました。でも、今日改めてお断りに上がったんです。どう考えてもおかしな話だと思ったので」

「それは幸田さんご自身がそう考えた、ということですか」

刑事は目を細め、手帳に何か書き込んでいる。はい、と答えると顔を上げた。

「今日の佐野さんの様子は如何《いかが》でした」

「ずいぶんお酒を飲んでいらっしゃったようです。お話しするのも億劫《おっくう》そうでした」

「あなたが帰ろうとしたところで、奥さんが警察へ行ってすべて話すと言ったんでしたね。そのときのご夫婦の様子を教えてください」

「私が席を立って帰り支度をしてからのことだったので、玄関におりましたし、よく分かりません。言い争うという感じではなかったように思います。ひと声掛けてから玄関を出ようと思ってちょっとのあいだ待っていましたけど、二分までなかったように思います」

「帰ろうとしたあなたを、奥さんが引き止めたということですか」

「警察に連れて行って欲しいと言われました」

「お嬢さんを連れて三人で家を出られるときに、何か気になることはありませんでしたか。なぜ真っ直ぐに署へ来ていただけなかったのか、お訊きしたいんですが」

刑事は、この家が張り込みの対象であったことを告げた。彼らは佐野の言動に不審な点があったことと、子供と妻の体に残る不自然な傷を見逃してはいなかった。節子は大きく息を吸い込み、そうでしたか、とうつむいた。

「まゆみちゃんを連れて出ましたし、お昼ご飯も食べさせていないと彼女が言ったんです。私も、少し冷静になる時間が欲しいと思いました。どこかにまず腰を下ろそうということになって、六花亭に車を走らせました」

努めて表情を作ればそこからほころびが生じる気がして、刑事を真似《まね》て無表情で通した。解放されたところをみれば、大きな破綻《はたん》はなかったらしい。泳がされているのだとしても、そう強い疑いを持たれたという感じはしなかった。

帰りがけ、玄関に見送りに出た倫子は、密葬というかたちをとることにしたと言った。司法解剖に、まわされずに済んだ。

「また、助けに来てくれますか」

節子は頷《うなず》いた。

開いたドアの向こうに、葬儀社の世話係という女性の姿があった。彼女は黒いニットとスラックスという服装で、パンフレットとバインダーを持って立っていた。全身黒ずくめの服装ではあるが、体型の崩れのせいかかしこまった風には見えない。無頓《むとん》着《ちゃく》と質素ぎりぎりの、薄い化粧が貧相に見える四十代後半の女だった。

倫子は、帯広に住むという佐野の両親にも報《しら》せたという。

「私、帰っても大丈夫なの」

「まゆみもいるし、もうすぐ帯広から彼の両親もやってくるし」

それ以上会話は続かなかった。気丈な妻を演じているあいだは、節子の存在は邪魔になる。見送る頬がわずかに持ち上がった。一瞬の微笑《ほほえ》みに陰はなかった。

外に出ると、すっきりと広がった夜空に星が瞬《また》いていた。運転席に滑り込み、待ち受け画面の明かりを頼りにメモしておいた番号を押した。四度目のコールで「はい浄奉寺です」と女の擦《かす》れ声が応《こた》えた。

「連絡が遅れて済みません。藤島の節子です」

住職の妻である坊守は、あぁ、と長く感嘆の声を伸ばし、浜弁で元気でいるかと訊《たず》ねた。出先から電話をしていると告げると、それじゃあと用件を切り出した。

「あのね、律子ちゃんのところ何度行っても居ないんだわ。どこ行ってるんだべねぇ。電話しても出ないんだよ。節ちゃん、何か聞いてないかい。ほら、もうお盆だし檀家《だんか》さんたちにはいろいろとお願いごともある時期なんだわ」

寄付金について言ってるのだろう。もしかしたら翡翠《ひすい》の指輪の支払いが滞っているのかもしれない。母は昔から、借りたものを返すのが苦手な女だった。

「私のところには連絡ないんですけど。旅行にでも出てるんでしょうか」

坊守が直接節子に連絡を取ろうとした真意が知りたくて、それとなく鎌《かま》をかけてみた。

いんや、と坊守は節子の言葉を否定した。

「あんた、律子ちゃんの行動範囲なんて、せいぜい釧路くらいなもんだよ。私に黙って旅行に行くなんてさぁ、それはないっしょ。だいたいそんな金がどこにあるって」

節子は短く、夫が事故で意識不明であることを告げた。ただでさえ低い坊守の声がいっそう重たくなった。

「節ちゃんの旦那《だんな》さんっていったら、律子ちゃんの」

坊守はそこまで言って次に続く言葉を引っ込めた。

「いや、いいのいいの。分かった分かった。大変なときに電話なんかしちゃって済まなかったね。こっちのことは気にせんで。節ちゃんが気に病むようなことじゃないから」

「連絡が取れ次第お寺に電話するよう伝えます」

短く詫びて通話を終えた。これ以上会話が長引くのも面倒だった。

節子はハンドルに額を押しつけて、数十秒かけて呼吸を整えた。喜一郎が眠り始めた日から、自分を取り巻く世界ががらりとありさまを変えた。流れてゆく時間について行くのが精一杯だ。いつまでこんな日が続くのか想像ができなかった。

節子は自分の嗚咽《おえつ》に驚き、フロントガラスの上に広がる星空を見上げた。何もかもが歪《ゆが》んで、ひとつも像を結ばなかった。

＊

「今、落ち着いたところです」

澤木は明かりを消した寝室で、節子の声を聞いた。携帯から聞こえてくる声は擦れているのに妙に湿った気配を漂わせていた。澤木はどう応えていいのか迷い、結局黙り込むことを選んだ。

「警察の事情聴取が終わって、家に戻ったのが九時過ぎでした。心配かけて、ごめんなさい」

節子の声は、夜に開いた黒々とした穴から響いてくる。澤木は自分こそが彼女の落ちた穴ではないかと思ったが、すぐにそんなうぬぼれを嗤《わら》った。

「一応、報告しなくちゃと思って。じゃあ」

澤木は軽い咳払《せきばら》いのあと「疲れてないか」と問うた。節子に訊ねているのか、澤木自身に言っているのか、分からない。自分が節子を庇護《ひご》している、と思ったのは初めてのことだった。

「大丈夫です」

昨日から心に決めていたことがあった。一日、節子と連絡が取れないあいだもそのことばかり考えていた。どう言っていいのか、いつ伝えるのか、まだ迷っている。どうしても上手《うま》く伝える言葉が見つからずにいた。

「警察に、一緒に行こうと思ってた。節ちゃんが俺の知らないところで何をしていようと、ぶれないと思った。俺、連絡がつかなくなって初めて、きみのこと信じてなかったことに気付いた」

思いとうらはらな言葉に傷つき、澤木は誰に許しを請《こ》うていいのか分からなくなった。

「先生のせいじゃない」

「怒れよ。こういうときはちゃんと怒らなきゃいけない」

節子の歌集を隅々まで読んだことなど、口には出せない。澤木は自分たちのことを、節子の歌にあったように、立ち枯れた長い葦《あし》の管を流れてゆく砂粒のようだと思った。ときどき擦れ合いもつれ合ったりしながら、ひたすら流されてゆくことでお互いを守っている。

「先生、梢から連絡はありませんか」

「ない。一度も」

「もしあったら、心配ないと伝えてくれませんか。私には直接連絡できないだろうから」

「電話させるよ。必ず」

ためらいなく葦の管を流れて行けばいいのだ――。

「節ちゃん」

呼びかけておきながら、何を言おうとしていたのかを忘れてしまっていた。

9

節子は昨日の朝刊に載った五センチ角の記事を、もういちど読み返していた。

——狂言誘拐・父親が自死——

佐野渉が少女の義父であったこと、日常的に行われていた虐待《ぎゃくたい》。父親の自死という結末。虐待について書かれた記事は取り立てて目新しい内容でもなかった。記事の小ささは、遺《のこ》された妻と娘への配慮と思われた。

昨日の朝、新聞を見た友部から、起き抜けに電話があった。

「佐野さんのご主人のことなんだけど」

「ええ、残念なことでした」

「まさかねぇ、自殺するなんて。まゆみちゃんのことも狂言だったっていうじゃない。ことがことだし直接お家《うち》に電話するのもはばかられて、葬儀の日程も確かめようがなくて困ってるの。尾沢さんに厭味《いやみ》言われながらばたばたしてるんだけど、幸田さんはご存じないわよねぇ」

「密葬と伺いました。佐野さんとまゆみちゃんと、向こうのご両親とで葬《おく》られるようです」

友部が黙り込んだ。訊《たず》ねておきながら、なぜ節子が佐野家の葬儀について知っているのか分からずにいるようだ。

「それ、もしかして今日なの」

「いいえ、明日です」

友部の口調が途端にぞんざいになった。

「私、幸田さんと佐野さんが仲良しだったなんて知りませんでした。それなら、こちらの分もお悔やみをお伝えくださるかしら。呼ばれもしないのにのこのこ密葬の席に出向くのも失礼でしょうから。会からのお香典は落ち着かれた頃を見計らってお届けします。会長にも尾沢さんにもそう伝えておくけど、いいわね」

節子の言葉を最後まで聞かず、友部は電話を切った。

朝食は冷凍ロールパンをオーブンで焼いて、カフェオレを作った。苦めの深煎《ふかい》りの方がミルクに合うが、豆の種類はブラックを好んだ喜一郎に合わせモカを用意していた。

ふと、佐野渉の偏執的なこだわりを思い出した。

節子が自分のためにコーヒーをおとしたのは久し振りだった。たたんだ新聞をテーブルの隅に寄せた。朝一番で喜一郎のところへ行こうと、昨夜のうちに決めていた。

家中の窓を開けた。のっぺりとした湿原のところどころに点在するヤチハンノキは、ネイチャー誌のグラビアで見たサバンナのブッシュに似ている。湿った土地を見て想像するのが乾いた景色というのも不思議だ。節子は自分の体を流れているのは赤い血ではなく乾いた砂ではないかと思った。

充電器から携帯電話を外した。

節子は黒い半袖《はんそで》のワンピースに、ラメの入ったグレーのニットを羽織った。これならば喜一郎の病室へ言っても違和感がないだろう。佐野の葬儀ではカーディガンの代わりに黒いストールを使えばいい。髪は後ろで一本にまとめ、目立たない黒いリボンを結んだ。とし子には内線電話を使って、今日は事務室に寄らずに出掛けると告げた。

食事もなく清浄も後回しになる喜一郎の病室は、どんなに慌《あわ》ただしい時間帯でもゆったりとしていた。節子は枕元《まくらもと》にある丸椅子《いす》に腰掛けて、夫のひんやりとした額に手をあてた。ガーゼは取れたが、折れた鼻も陥没した頬骨も、痛々しい傷痕《きずあと》を残している。十日前より髪が伸びていた。伊達《だて》男の喜一郎にとっては耐え難い無精だ。毛布を掛けたきりで何も身に纏《まと》っていないことを、目覚めたら何と言うだろう。失礼な格好で寝かせておいたことを怒り出すか、冗談交じりに「何もしなかったろうな」と微笑《ほほえ》むか。顔の変形は何より喜一郎を傷つけるに違いなかった。

節子はバッグに入っている携帯用のブラシを出して、ネット包帯からはみ出た夫の髪をそっとなでつけた。

佐野家に向かわねばならない時間が近づいていた。節子は立ち上がり、窓の外を見た。街側に張りだした湿地帯は、喜一郎と節子の寝室から望む湿原を、ちょうど真横から見るかたちになる。向かって右の岸に『ローヤル』、左側の遠く阿寒《あかん》方面の岸には湿原展望台があった。写真で紹介される湿原はいつも雄大な姿で横たわるが、こうしてみると三方を低い山に囲まれた、広がりのない濡《ぬ》れた窪地《くぼち》でしかなかった。

「お父さん、行ってきます」

喜一郎に声を掛け、病室を後にした。

霧に湿った季節の終わりを告げるように、海側には雲ひとつない青空が広がっていた。

佐野家のエントランスには、三台の車が停まっていた。一台はレンタカーだった。節子はいちばん端にバックで車を停めたあと、カーディガンを黒いストールに替えて佐野家のインターホンを押した。ドアを開けたのは一昨日《おととい》見た葬儀社の担当だ。黒いパンツスーツは何の特徴もなくユニフォームに近い印象だが、前回より幾分かしこまった印象を与えた。彼女は静かに節子を応接間に案内した。

応接椅子に腰を下ろしていた男女が立ち上がり、節子に頭を下げた。佐野の両親は、品の良い夫婦だった。奥の部屋から倫子が出てきた。まゆみが母親にぴたりと体を寄せて近づいてくる。

佐野の母親がまゆみに向かって「こっちにいらっしゃい」と手招きした。節子から視線を移して、少女はまっすぐ祖母に歩み寄り、その隣に座った。婦人は同時に節子にも座ってくれるよう促した。玄関寄りのひとり掛け椅子に腰を下ろす。婦人がまゆみの背を撫《な》でながら節子に向き直った。

「倫子さんがずいぶんお世話になったと伺いました。こんなことになって、私共も何と申しあげていいのか分かりません。お恥ずかしいことに、息子夫婦のことは何も知らないのです。失礼をお許しください」

奥の椅子に沈んでいた父親が口を開いた。

「息子が、大変なことをしたと聞いております。嫁にも子供にも。どうか私たちに免じて許してやってください」

葬儀社の担当が十時半の出棺《しゅっかん》を伝えた。佐野渉は既に棺《ひつぎ》に入っており、蓮《はす》の花の地模様が浮かぶ白い布に覆《おお》われていた。

倫子は終始うつむき加減で、担当者の言うままに動いていた。通常の葬儀とは違い、宗教的な儀式は一切行われない。棺の周りに、黒いものを身に纏《まと》っている人間が数人いるだけだった。たとえ儀礼的な別れの挨拶《あいさつ》だとしても、佐野の遺体を見ないで済むことはありがたかった。

庭に目をやると、一昨日よりもミニバラの数が増えていた。節子が五つ数えたところで、担当者が携帯を耳にあてて短く「了解」と言った。

「車が到着しましたので、お棺の搬送をいたします」

両親と倫子、まゆみの四人は棺とともに黒い専用車に乗り込み、担当者と節子はそれぞれの車で火葬場へと向かった。海に近い高台に建っている佐野家から内陸の火葬場までは三十分ほどで着く。途中、湿原に沿った国道脇《わき》に立つ『ホテルローヤル』の看板を通り過ぎた。

『盆の仏は本当の仏だから、懇《ねんご》ろに葬《ほうむ》ってやるもんだ』

生き方はでたらめで奔放な律子が、夏に葬儀があるとよく言っていた。網元の娘という生まれのせいだったかもしれない。仏に嘘《うそ》も本当もないだろうが、意味も分からぬまま言葉だけ覚えている。節子はハンドルを握りながら、盆の仏、と繰り返した。

佐野渉の密葬は、誰も涙を見せなかった。廃業した百貨店社長の妹という母親は、常に傍らに義理の孫を置き、気丈にひとり息子の空けた大きな穴を埋めようとしているように見えた。まゆみは血の繋《つな》がらない祖母にいたわりの眼差《まなざ》しで応えている。新しい庇護《ひご》者《しゃ》を見つけた少女の瞳《ひとみ》はときどき心細げに潤《うる》んだ。

倫子は夫を最も不本意なかたちで失った妻の役を見事に演じていた。抑えた悲しみが周囲に与える効果を知り尽くしている。泣く場面は一度で良かった。佐野渉が骨になって帰ってきたとき、たった一度、倫子は大粒の涙をこぼしながら左腕の骨を拾った。

＊

事務所の窓に映った自分の顔を見て澤木は、我ながら精気のない顔つきをしていると思った。木田聡子から、これだけは明日までに必ず目を通しておいてください、と渡された書類の束は、ここ数日滞っている仕事のひとつだった。澤木が節子のことで事務所を空けても小言は言わないが、仕事が溜《た》まっていることについては毎日必ずひとことある。どちらが事業主か分からないが、これもお互いに居心地良く仕事をしてきた成果と諦《あきら》めるしかない。

そろそろ何か腹に入れねば、と壁の時計を見た。八時を指していた。澤木は椅子に座ったまま大きく背を反らした。駐車場に車が入ってくるのが見えた。ときどき方向転換のために後輪だけ入れて去っていく車があるが、そうではないらしい。車はいつも節子が停める場所に落ち着き、スモールランプが消えた。

事務所に現れた節子を見て、澤木はまた明日も木田にため息をつかれることを覚悟した。黒いワンピースにグレーの羽織りもの姿の節子は、滅多にまとめることのない肩までの髪をうなじの少し上で一本に結わえていた。白い頰が強《こわ》ばっている。ずいぶんと痩《や》せた。澤木は内奥《ないおう》にある諦めと気恥ずかしさを認め、仕方なく笑った。

「梢さんからの連絡はまだ来ない。こっちから何度か呼び出しているんだけど、出ないな」

『しずく』の石黒加奈に連絡を取ったことは言わなかった。もしかしたらいつかこの女を抱くかもしれない、と予感したことのうしろめたさもある。そんな妄想は日常的なことなのに、なぜか開き直ることができず彼女の名前を出すことをためらっていた。

「あの子、新聞だけじゃ事情も分からないだろうし、混乱してなければいいけど」

「新聞を読めるようなところにいてくれたらいいんだけどな」

瞳が真《ま》っ直《す》ぐに澤木に向けられた。どう受け止めたらいいのか分からなかった。もっとタフになれ、と己を叱りつける。節子の胸の内を知りたいと思いながら、彼女の心を読んで何になるだろうとうち消す。

「喉《のど》が渇いてるんですけど、お茶を淹《い》れてもいいですか」

「奥の冷蔵庫にビールがある」

澤木はドアを指差し、ノートパソコンを閉めた。節子が車を振り返り、お酒はちょっと、と言った。俺が飲みたいんだと言うと、肩をすくめて笑ってみせる。

澤木は事務所の玄関に鍵《かぎ》を掛け、明かりを消した。街灯に照らし出されたアスファルトと、数十秒に一度通り過ぎる車。ふたりは自宅へ通じるドアの前で、窓の外を見たまま立ちつくした。緩やかな下り坂を、オレンジ色の街灯が等間隔に照らしている。ヘッドライトがすれ違い、遠ざかる。一本道に一台の車も見えなくなって、街灯の色に染まったアスファルトが夜の尾となり海に向かって伸びていた。

先生。節子の声が澤木の吐息とぶつかった。肌を合わせているときよりもずっと近い場所にいる気がした。開けたドアに背を押しつけ、唇を重ねた。離れては戻ることを繰り返し、澤木は唇で女の逃げ道を塞《ふさ》いだ。いくら寒いでも節子は澤木をすり抜けてゆく。節子の両腕が腰を包んだ。気持ちは欲望からほど遠い場所へ放り投げられていた。

「ビール、飲みましょうか」

湿った時間が、そこで途切れた。

キッチンと居間を兼ねた六畳間には、十九型の液晶テレビとテーブル、座椅子ひとつしかない。

「五年前とほとんど変わってないんですね」

前の事務所長が使っていた資料部屋兼仮眠室を住居にした。床に座ると窓がやけに高い場所にある。もともと人が住むようにはできていない平屋の事務所だ。冬の寒さは、この狭い空間を温めるための灯油の消費量でも分かる。秋風吹く九月から翌年七月まで火の気が必要な土地だった。木田聡子が年間の灯油代を算出して、これならセントラルヒーティング付きの中古マンションに移った方が安上がりとぼやくほどだ。

どうしてこんな場所に、と問われてもうまい答えはなかった。ただ、慣れた場所から出て行く勇気も意気もないことは確かだ。電話もパソコンも書棚も事務所にあるし、音楽を聴く趣味がないのでオーディオも必要ない。

「先生の趣味って何ですか」、と二十歳の節子に問われたときに、「女だ」と答え顰《ひん》蹙《しゅく》を買ったことも懐《なつ》かしかった。

「それって、格好つけすぎじゃないですか」

「ないって言うよりましかと思って」

「私の趣味が男だって言ったらどうします」

「怖《おそ》れつつ、仲良くできると思うだけだな」

自分たちは肌を重ねるまでのあいだに積み上げた記憶を食べながら、十年かけて少しずつ朽ちてきたのだと澤木は思った。

幸田喜一郎と結婚する、と告げられた夜、湿った絨毯《じゅうたん》の上で節子を抱いた。彼女が人の妻になるなどという発想がなかった自分を、とことん追いつめた。これで別れられると思った。

なのに、まだこうして細い糸を手繰っては体を繋《つな》いでいる。

節子がテーブルの側《そば》に腰を下ろした。絨毯の上に広がったワンピースの裾《すそ》が蛍光灯の明かりを吸い込んでいる。澤木はぼんやりと日々の生活を振り返った。座椅子に背を預け酒を飲み、興味もないスポーツニュースを見ながら木田聡子の差し入れてくれた総菜をつまむ。何もないときは外に出る。出たついでに後腐れのない女を調達する。家に戻ったときにはもう女の顔も忘れている。誰も四十を超える男の生活事情など訊《たず》ねないし、自分からも言わない。

「やっぱりこっちにしよう」

白ワインのボトルをテーブルに置いた。澤木は台所に伏せてあったグラスをふたつ濯《ゆす》ぎ、濡れたままワインの横に並べた。冷蔵庫の中にあったパストラミポークの日付を確かめる。賞味期限は半月後だった。節子に背を向け、きっちりと五ミリの幅にスライスする。冷蔵庫からチーズ、戸棚から箱入りのクラッカーを出した。

テレビのスイッチは入れなかった。自虐的《じぎゃくてき》な時間だと思いつつ、その時間を楽しんでいる自分もいるのだった。何がおかしいんですか、と節子が問う。

「何もおかしくないけど、どうして」

「先生、笑ってたから」

コルクにスクリューを回し入れる。今夜差し向かいでワインを飲むことになった理由を、あれこれと思い起こすが、うまい説明は見つからなかった。いいわけは止《よ》そうと決めたとき、コルクが乾いた音をたてて抜けた。濡れたグラスに注ぐ。

「とっておきのときのために取っておいた一本だ。辛口で美味《うま》いよ」

「とっておきを、今日開けてもいいんですか」

いいんだ、と澤木は言った。幸田喜一郎と結婚してから、節子がこの部屋を訪れたことはなかった。寝室には何度か来たくせにおかしな線引きだった。とっておきのワインを開ける理由としては十分だろう。

グラスを両手で包み、節子が言った。

「奥さんと別れた理由、訊《き》いてもいいですか」

「なんだ、今頃。木田さんだな、言ったのは。別に大した理由なんかないよ。結婚するときだって言語化できる理由なんかないだろう。このワイン開ける日にそういう質問はありですか」

「ありです。私、十年間一度も訊かなかった。自分でもそれが不思議なんです。褒美《ほうび》だと思って教えてください」

「別に隠すことでもないけど、どこにでもありそうなつまらない話だよ」

ワインの辛みが増した。澤木はボトルのラベルを手前に向け、二〇〇三年か、と呟《つぶや》いた。

東京の新橋にある税理事務所に就職が決まって、あとは卒業を待つだけとなった大学四年の秋だった。二年間同棲《どうせい》をしていた女も、証券会社への就職が決まっていた。別れるのか、それともこのまま続くのか微妙な時期に妊娠が分かった。

さんざん泣かれ言い争う日々を経て、彼女は出産を選んだ。籍を入れる頃にはもう、母の顔になっていた。一応親には報告したが、どちらの親も祝ってはくれなかった。こんな幸福もあるのだろう、と澤木が思ったのも卒業するまでのことだった。

「そこの事務所、馬鹿《ばか》みたいな激務でさ、その日のうちにアパートにたどり着ける日なんか一年のうち半分もなかった。彼女の実家は鹿児島だった。俺のいないときに何度か親が様子を見にきていたようだ。一度も会ったことないけど」

出産も育児も妻任せの日々に、仕事というういわけがなかったと言ったら嘘《うそ》だろう。忙しさを理由にするとき、なぜ俺ばかりがと思った日もあったのだから。

「それでも、子供が一歳の誕生日の日だけは、ボスに頼み込んで早く帰ったんだ。八時に家に着いたときは、俺もやればできるじゃないかと思った」

部屋には澤木の荷物だけが残されていた。子供のものも妻のものも、歯ブラシ一本に至るまで処分された部屋は、まるで廃墟《はいきょ》だった。

「迎えに行かなかったんですか」

「すぐに離婚届が送られてきて、それを送り返して終わり。話もしてない。体も気持ちも疲れてて、引き止める気力も起きなかった」

そのときの疲れがまだ続いているような気がした。新橋の事務所を辞めて釧路に戻ってくることになって初めて、子供はどうしているだろうと思った。

「長いこと、騙《だま》し騙しやってるんだ。改めて言葉にすると、ひどい話だな」

空になったグラスにワインを注ぎ入れた。

なんの根拠もなく、幸田喜一郎が死んでも節子が澤木の元にくることはないのだと思った。彼女が喜一郎を失うときは、澤木が節子を失うときだろう。

「気持ちを揺らされるのは苦手ですよね、先生も私も」

澤木は、だねぇ、と返して、ハムを一枚口に放り込んだ。

節子が映画のタイトルを口にして、観《み》たかどうかを訊ねた。恋愛映画のようだった。

「観てない」

「余命何か月っていう女が昔の彼に、残された時間を一緒に過ごして欲しいって言うの。彼には妻がいるんだけど、女の要求を断れないのね。彼女の死後、突風に吹かれたみたいにすべてが散り散りになって、ラストは何も残ってないの。生き残った人間は、自分を直視することを強いられて頭を抱えちゃう。みんな上手《うま》く悲しめないの。だだっ広くて矮小《わいしょう》で怖くて、救いもへったくれもない話だった気がする」

節子は、生きて行かねばならない人間の内側をさらけ出させて主人公の女は死んだ、と言った。幸田喜一郎は、澤木と節子に何をさらけ出させようとしているのか。節子を前にすると、思考も昔話も、どうでもいいような気持ちになる。

グラスが空いた。遠くで救急車のサイレンが鳴っている。幸田喜一郎がまだ呼吸しているのは、何かやり残したことがあるからなのだろう。

ワインボトルの半分を残し、節子と肌を重ねた。

行き止まりを意識した体は温かく、お互いを迎え入れることに何のためらいもなかった。節子の体には澤木ひとり分の居場所があり、澤木もまた節子ひとり分の欲望しか持ち合わせていなかった。

自分の体に入ってゆくような痛みを覚えながら、節子の奥へと進んだ。ふたりのあいだに満ちてゆくものを確かめる。嫌になるほど温かい。どこまでが自分でどこからが節子なのか、分からなくなった。暗闇《くらやみ》で濡《ぬ》れ光る瞳《ひとみ》に、白い影が揺れていた。それが自分の顔であるとはどうしても思えなかった。シーツから持ち上がった両腕が、澤木の腰を抱いた。暑いのか寒いのかも分からない。気付くと五感はすべて節子に吸い取られてしまっている。強く問いかけてくる欲望に、体をそっくり明け渡した。自分も節子も空洞になった。答えを持たない問いの、長い長い階段を昇りつめ、澤木は吼《ほ》えた。ふたつの体は頭から四肢つま先からくずれ始め、シーツそして闇へと、砂になって流れて行った。

10

「帯広に行くことにしました」

十六日の朝、コーヒーを淹《い》れているところへ倫子から連絡が入った。週末のうちに家財道具を整理し終えたので、明日にはまゆみを連れて発《た》つという。

もう一度会いましょうと切り出したのは倫子だった。節子は喜一郎の病室に寄るので、十一時頃ならと返した。六花亭パーラーで待っていると彼女が言った。

十一時を五分過ぎていた。慌《あわ》てて二階に上がると、倫子とまゆみが先週と同じ窓際《まどぎわ》の席で待っていた。時間が戻ったのかと錯覚した。倫子はグレーのカットソーにジーンズ、まゆみは薄紫色のセーラー襟のワンピース姿だった。姑《しゅうとめ》が、一足先に帯広に戻る際に買い与えたものだという。

「まゆみを連れて、帯広に移ることにしました。佐野の両親が、まゆみが学校を終えるまでは面倒をみさせて欲しいって。言葉が出てこないことをずいぶん不憫《ふびん》に思ってくれたみたい。私も向こうで何か仕事をするつもりです」

倫子の言葉からは、婚家に対する感謝さえ伝わってくる。葬儀のあいだ傍らにいたまゆみを、血の繋《つな》がらない孫とはいえ祖母が邪険にするとは考えられなかった。倫子ならば、誰よりも上手《うま》く付き合っていくだろう。

節子は母の言葉を思い出した。

『殴られてるときぐらい泣け。こんなときに笑ってるのは鬼だけだ』

一度、顔が変形するほど殴られたことがあった。どんな理由で撲《ぶ》たれたのか記憶にない。撲たれながら、夏休み中で良かったと思ったことは覚えていた。垂れ下がった目蓋《まぶた》と、腫《は》れ上がった頰を見て、律子が笑いながら「休みが終わるまでには戻るさ」と言った。

倫子の微笑《ほほえ》みを見ていると、なぜか似てもいない母のことを思い出してしまう。

「何もかも、この子の言うとおりになりました」

倫子が眼下に佇《たたず》む春採湖から視線を戻した。節子は眉《まゆ》を持ち上げ、意味を問うた。

倫子は答えず新しい生活へ旅立つ清々《すがすが》しい表情で、まゆみの髪を撫《な》でた。誰よりも優しく微笑むことのできる鬼を思った。

「これ、新しい住所です。携帯はそのまま使います」

笑う鬼は、手帳から取り出したメモをテーブルの上に滑らせた。マンションの八階から見る十勝の眺めはどんなだろう。節子は黙ってそのメモをバッグに入れた。生涯学習センターの化粧室で携帯の番号が書かれたメモを受け取ったのが、たった半月前のことだとは思えなかった。

「見張らなくても大丈夫よ。安心して」

「心配なんかしてません。お礼は言わないけど、いいでしょう」

「短歌は続けるの」

倫子は首を横に振り、もう嘘《うそ》を書く必要はないのだと言った。

昼食の時間帯に入り、席が混み始めた。どちらともなく席を立つ準備をした。倫子とまゆみがここまでどうやって来たのか疑問に思い、訊《たず》ねた。

「ずっとペーパードライバーだったんだけど、思い切って運転してみたの。やればできるものだと思って、自分でも感心してます」

菓子店を出て駐車場で左右に別れた。ふたりに向かって小さく手を振った。倫子がシャンパンゴールドのセダンに向かって歩いて行く。鍵《かぎ》を取り出す際、まゆみの手を放した。キー解除を報《しら》せるスモールランプが点滅する。まゆみが節子のところまで走ってきた。こんな場面をいつか見たことがある。風は海側から吹いており、微《かす》かに潮の香りがした。

まゆみは節子の前までくると、ワンピースのポケットに手を入れ何か取り出した。節子は右手を出し、差し出されたものを受け取った。梢がバッグから抜き取ったとばかり思っていたシャネルのアトマイザーだった。

「まゆみちゃん、これ」

「ごめんなさい」

はっきりとした口調で少女が言った。悪いとは少しも思っていない笑顔だった。節子の脳裏に、まゆみにまつわる言葉や映像が鮮やかに浮かんで流れた。

海外雑貨が専門の佐野に、拙《つたな》い計画を思いつかせた香水の匂《にお》い。

『何もかも、この子の言うとおりになりました』

思わず少女の名を呼んだ。まゆみはビーバーのような歯を出して笑った。佐野がまゆみから漂うクリスタルの匂いに気付かなければ、このアトマイザーは一体どんな働きをしただろう。

セダンの運転席に片足を掛け、倫子が小鬼を呼んでいる。節子はしゃがみ込んで目の高さをまゆみに合わせた。

「私、まゆみちゃんにもっと狡《ずる》い子にならなくちゃ駄目だって言ったの、覚えてる?」

少女はあどけない表情で頷《うなず》いた。

すべてまゆみの謀《はかりごと》だったのかもしれない。倫子がもう一度娘の名を呼んだ。

「花火、きれいだったね。これからもお母さんのこと、しっかり見ていてあげて。まゆみちゃんなら大丈夫。私ね、あなたのこと好きよ」

細いおさげを軽く引っ張り、車に戻るよう促した。跳ねるような軽やかさでまゆみが走りだした。ふたりが去った駐車場から、海側に視線を移した。ふたつの丘に挟まれた海が、巨大なシャンパングラスに見えた。

事務室の隅にある古いブラウン管テレビでは、夕方のニュースがUターンラッシュの映像を流していた。ホテルの客入りもまずまずというところだった。とし子がリネン室のホワイトボードから清掃終了の伝票を剝《は》がして戻ってきた。相変わらず首のあたりが伸びきったTシャツにジーンズ姿だ。ソファーベッドの端に腰掛ける節子を見て、とし子が眉間《みけん》に皺《しわ》を寄せた。

「痩《や》せましたね。ちゃんと食べてますか」

「食べたり食べなかったり。リズムの悪い生活しているから、仕方ないの。そのうち戻るから大丈夫よ」

とし子は納得のいかない顔で机の上にあるクリップボードを並べ直し、時計を見ながら延長時間と追加料金を書き込んだ。動作には一切無駄がない。ただ眺めているだけの節子にもよく分かった。

アダルト放送の管理やシャッターの上げ下げ、面倒な客のあしらいも、エアシューター捌《さば》きもパートの指導も、とし子がいればすべて円滑に流れて行く。快楽の裏側を知り尽くした女は、人間の裏側も見えているのだろう。とし子といると、喜一郎が日々枕《まくら》を高くして眠っていられた理由がよく分かる。仕事に飽きるということはないのかと訊ねると、彼女は声をたてて笑った。

「飽きて辞められるなら飽きもしますけどね。そんなもん、余裕のある人が言うことでしょう。社長も私も骨の髄までホテル屋ですからね、セックスのお手伝いには終わりがないことを知ってるんです」

「お手伝いっていう感覚なんだ。初めて知ったな、そういうの」

「男も女も、体を使って遊ばなくちゃにっちもさっちも行かないときがあるんです。ホテル屋はそのお手伝いをしてるんですよ。観光地のホテルは一度行けば満足しますけど、セックスで辿《たど》り着く場所ってのはもう一度見ないと不安になるんだそうです。

うちの旦那《だんな》がそう言ってました。人間って、一度いい思いをすると同じ場所でしたくなるんだそうです。そういう動物なんですよ、たぶん」

「実家は苫多の漁師さんだって言ってたよね」

「そうです。何にもないところですけど、景色だけは良かった。今思えばだけど」

「苫多の海岸からは何が見えるの」

「何がって、大黒島と岬と低い市街地くらいですよ。あとは海。ぜんぶ海。親は漁師で苫多から出たこともなかったし、海で捕れるものと行商のトラックから買った野菜と米で生活してましたもんね。ほとんど拾い昆布と魚で食いつないでましたよ。小学校に上がってもしばらくのあいだ、岬の向こうは外国だと思ってました」

　大笑いする節子を見て、とし子が照れた。

「中学生になってようやく、市街地まで行けるようになったんです。ツブ剝《む》きのバイトや昆布干しで溜《た》めたお金で、初めてジーンズとTシャツを買いました。それまで、生まれてから一度も新品の洋服を着たことがなかったんです。ずっと、そんなのあたりまえだと思ってた。小学校の身体測定のとき、向かい側で身長を測ってた男の子が私を指さして、あのTシャツ俺のだって言ったんですよ。女の子ならともかく、同じクラスの男子生徒のお下がりってのが笑えるでしょう」

とし子はひとしきり笑った。

「今じゃもうよれたTシャツでも穿《は》き古したジーンズでも、何でも良くなりましたけどね」

言いながら、ナイロンの手提げバッグから拳大《こぶしだい》のアルミ箔《はく》をふたつ取り出した。

「中身は塩鮭《しおざけ》です」

節子は受け取った握り飯を両手で包み、このホテルを引き継いで欲しいと頭を下げた。とし子は決して頷こうとしなかった。迷うそぶりも見せない。最初から分かっていたような拒絶の仕方だ。節子が彼女の表情から受け取ったのは、怒りだった。とし子は娘を叱《しか》るような態度で語気を強めた。

「このあいだはどっちでもいいと思いましたけどね、ちょっと後悔してますよ。いいですか、ここにはあなたの生活がある。これからも生きて食べて行かなきゃいけないんです。これだけは、泣いても笑っても越えないとならない。弱気になるのは分かりますけど、基盤になる生活をそんな簡単に投げ出しちゃいけません。私は貧乏の出ですからね、自分に都合のいい話がどれだけ危ないかよく知ってる。自分が要らないものは他人も要らない。逆も同じです。ずっとそう思って生きてきました。この年になって、ひとのお下がりで食って行こうなんていうことになったら、自分が許せませんね。何よりそんなことしたら、私が社長に顔向けできませんよ」

喜一郎が戻ってこられない場所に自分の生活などないということを、うまく説明できなかった。

とし子は手の中にあった握り飯のほとんどを腹に入れている。節子もアルミ箔を開いた。塩がききすぎて大口で食べなくては塩辛い。

「お下がりだなんて思わないで。そんなつもりじゃないんだから」

「奥さんが身軽になるのは構わないんですよ。まだ若いし、いろんな選択があるのも分かります。でもね、身軽って怖いんですよ。縛りのない生活の怖さ、分かりますか。拠《よ》り所《どころ》も束縛もなくなった人間って、明日も要らなくなっちゃうんだ。頼むからもうしばらく、私にごちゃごちゃ言われながら頑張ってくださいよ」

結局その場はとし子が押し切るかたちで終わった。節子は頑として首を縦に振らない彼女に「仕事の邪魔になります」と追い出される格好で、ソファーから腰を上げざるを得なかった。おにぎりの礼を言うと、食事はしっかり摂《と》るようにとひとこと釘《くぎ》を刺すのも忘れなかった。

――拠り所も束縛もなくなった人間って、明日も要らなくなっちゃうんだ――

喜一郎が愛場病院の片隅で自分を呼んでいるような気がした。

湯船に浸《つ》かっても横になっても、とし子の言葉が耳の奥で繰り返された。浅い眠りのなか聞こえてくる砂の音が、耳の奥でいつしか喜一郎の寝息に変わった。

翌朝節子はクローゼットの奥にある金庫の扉を開けた。内寸の一辺が四十センチほどの金庫は上下二段に仕切られており、下部は会社の書類、上部には薄いファイルが納まっていた。節子は『幸田観光』と書かれたファイルと通帳、印鑑を取り出しB4サイズの黒いビジネスバッグに詰めた。古びた耐火金庫には鍵が掛かっておらず、節子は改めて夫の鷹揚《おうよう》さと無防備さに呆《あき》れた。喜一郎と一緒に眠っていた頃は覗《のぞ》いたこともなかった場所だった。

死に向かって流れてゆく喜一郎の砂は、一体どんな音を奏《かな》でているのか。好きだった旋律を模しているのだろうか。上の棚にあるクラフト紙のファイルを手に取った。梢のアルバムだった。

節子は身支度を整えてからスープとトーストの朝食を摂ると、適当な大きさの紙袋にアルバムを入れて車に乗り込んだ。

雲が低い場所をゆっくりと流れていた。太陽を隠しながら移動する雲は、湿原を通り過ぎるまでのあいだに大陸のかたちから羽を広げた鳥に変わった。途中、携帯で梢を呼び出してみたが出なかった。アパートにいなければどのみち会うこともできない。

『コーポラスたちばな』から少し離れた場所に車を停めた。駅裏通りを小走りで横断し、狭い私道を抜けてアパートの階段を昇った。

もしかしたら、と思って来てみたものの、やはり部屋には誰もいなかった。ただ、先週やってきたときとは少し様子が違っている。風呂場《ふろば》に下着やジーンズが干してあり、寝乱れたベッドの下に灰皿があった。五本の吸い殻がきれいに並べてある。部屋には男と女が交わった後の、饐《す》えた汗や体液のにおいが満ちていて、長く居ると頭痛がしそうだ。ひとつ大きなため息をついて、掛け布団《ぶとん》を整えた。

室内を見回してみる。節子は紙袋から取り出したアルバムを、ベッドの上に置いた。そこしか置き場所がなかった。

生まれた直後から幼稚園、小学校入学、運動会や学芸会の写真が納められたアルバムは、梢が中学校に入学する際のセーラー服姿で終わっていた。最後の一枚は父親に向けられたものなのか、どこかふて腐れた表情だ。年齢を追うごとに表情が暗くなっている。どの写真にも両親が写っていないことを、不思議とは思わなかった。こんなものを目にしたところで、梢の意識や明日が簡単に変化するとも思えない。つまらない書き置きなど残す必要もなさそうだ。

もう一度、携帯で呼んでみる。今度は二度のコールで出た。

「何か用？」

「用ってほどじゃない。今どこにいるの」

「今は友達のとこ。しばらく叔母さんのところに行ってた。澤木先生、毎日携帯鳴らすし叔母さんにも電話掛けてくるし、うるさくて困ってる。やめるように節子さんから言っておいてくれないかな」

「分かった。でもたまには出なさい。大事な用事ってこともあるだろうから」

梢は少し黙ったあと、大事な用事のときは節子が電話をくれるだろうと言った。節子はそうとも限らないと言って梢の機嫌を損ねた。

「それ、どういう意味」

「あんまり意味はないけど。いつも私から連絡行くとは限らないだろうって、そう思っただけ」

梢がふぅんと鼻を鳴らした。

「今、あんたの部屋にいるんだけど、ハッパは止《や》めなさいね。体がどうのっていう話じゃない。前科ってあんまり見栄《みば》えのいいアクセサリーじゃないの。それから、お父さん釧路町の愛場病院に移ったから。それだけ伝えておくね」

「わかった」

電話に出てくれたことに礼を言うと、梢は数秒おいてからまゆみのことを訊ねた。節子がひとことも触れないことが気になるらしい。

「あれからちょっと叔母さんのところで新聞見たりしてたんだ。父親、死んだって書いてあったけど、そのあとどうしてるの」

「お母さんと一緒に帯広に引っ越して行った。ご主人の実家の近くで暮らすみたい。あの子のことは心配ないよ」

「あたし、まゆみちゃんのことちょっと怖かったんだよね」

「分かってる。事情を言わないで預けた私も悪い」

「いや、そういうことじゃないんだ。あの子、一晩中起きてるんだよ。昼寝もしないんだ。最初の二日くらいは緊張してるのかなぁとか寂しいのかなって思ってた。夜は目を瞑《つむ》って寝息をたてたりしてるんだけど、それって嘘《うそ》なんだ。分かるじゃない、何となく。気配が違うっていうのかな。花火から帰ってくるときも、本当は狸《たぬき》寝入りだったんだよ。とにかく、預かっているあいだ中、あの子たぶん一睡もしてなかった。それってさ、本人も寝たふりしないとまずいと思ってるんでしょう。あの朝とうとうこっちがおかしくなって、そういうの止めろって怒ったわけ。眠れないならそう言ってくれた方がいいじゃない」

「それで駅に連れてったの」

「違う。まだある。どうして寝ないのか訊《き》いたんだ。そしたら、寝たら殺されるからって言うんだよ。一体誰があんたを殺すのって言ったら何て答えたと思う?」

まゆみは「お父さん」と答えたあと着替えを始め、ひとりで部屋を出ようとしたのだという。梢はそれ以上関わるのが嫌で、まゆみに自分の部屋にいたことは言うなと口止めした。駅のベンチを選んだのもまゆみだった。

「子供らしいとか、らしくないとか、そういうこと超えてんの。あたし、いつの間にか自分があの子の思い通りに動かされてるような気がして、それで怖くなっちゃったんだ。節子さんも、どうしてあんな子を拾ってきたりしたのさ」

「拾ったんじゃなく、あの子が私を選んで保護させたの。誰より頭のいい子だよ。自分が動いたあとの大人の動きを予測できるんだよ。碁とか将棋みたいに」

梢はそれ以上まゆみのことには触れなかった。

「花火、きれいだったね。お礼言い忘れてた。ありがとう、じゃ」

携帯をバッグに戻す。節子は部屋の鍵を掛けたあと、郵便受けからそれを落とした。鍵はドアを擦《こす》ったあと、コンクリートの上で古い鈴に似た音をたてた。

売店で買ったサンドイッチとコーヒーを、喜一郎の寝顔を眺めながら胃に流し込んだ。お盆のあいだは見舞客で賑《にぎ》やかだったロビーや病棟も、落ち着きを取り戻している。窓の外に横たわる葦原《あしはら》と喜一郎が、同じリズムで呼吸をしているように見えた。吸って吐いて、吐いて吸って。延々と命を繋《つな》げてゆく景色は、季節が来て枯れる頃には再び生まれる準備を整えている。

「お父さんは次、何に生まれ変わるんだろうね」

夫の死を、以前より怖く思わなくなっていた。喜一郎はほどなく死ぬ。そう思ったあとは、締めつけられていた体がふわりと宙に浮いた気がした。季節を過ぎたタンポポの綿毛が風に乗るときは、きっとこんな感じだろう。

じっと窓の外で湿原の風にそよぐ葦の穂先を眺めていた。

「洞《うつろ》さらさら砂流れたり」

流れゆく、のほうが良かったろうか。

喜一郎の体を流れる砂の音は、喜一郎にしか聴くことができない。しきりに歌集をまとめることを勧めた夫の言葉を、ひとつひとつ思い出していた。

「一度ちゃんと自分の書いたものと心中してごらんよ。そうしないと見えてこないものを見て、後のことはそのとき考えればいいじゃない」

「生きてるか死んでるか分からない状態が続くより、一度お墓に入れてあげた方がお互いのためでしょう。あなたはこれからも生きて行くのだし」

「この、『硝子の葦』って歌集の名前にどう。俺、この歌好きだな」

詠草《えいそう》を指差した喜一郎が詠《よ》ませたかったのは、辞世の句だったのかもしれない。

節子はバッグから歌集を取り出し、薄い枕《まくら》の下に滑り込ませた。

握った手には何の反応もなかった。喜一郎のことだ、律子の他にも別れの挨拶《あいさつ》に出向いた先があってもおかしくなかった。喜一郎ならば辞世の句を詠むより、女に会う方が強く最期《さいご》を意識できるだろうし、その方がずっと似合っている。

倫子に巧《うま》い泣き方を教わっておけば良かった。そう思った瞬間、胃の底から堪《こら》えきれないほどの笑いが湧《わ》き上がった。喜一郎の手を握ったまま、節子は笑った。横隔膜がどうかなってしまったのではないかと思うほど、肩を揺らし笑っていた。

節子は静かに喜一郎の手を離した。

帰り支度を始めた木田聡子が書類を片付ける手を止めるほど、事務所は重たい空気に包まれていた。節子が『ホテルローヤル』の権利と経営を、管理人の宇都木とし子に譲渡したいと口にした途端、澤木は言葉を失った。節子はビジネスバッグにホテルに関する書類一式を詰めてやってきて、用件を口にしたきり黙っている。

「どうしてそうなるわけ」

いきなり結論を持ってやってくる事業主はまれだった。木田聡子が帰り支度を終え、「お先に失礼します」と言って事務所の引き戸を開けた。彼女は戸を閉める際、節子に「あまり怒らせちゃいけませんよ」と目で忠告して行くのを忘れなかった。節子が気の良い事務員に手を振った。

「すべて俺に相談してくれとは言わない。でも、いきなりこれじゃあ納得できないでしょう。会社を宇都木さんに譲って、このあと節ちゃんはどうするの。病院にいる幸田さんを抱えて、毎日それだけで過ごして行けるの」

「先生、私じゃなかったらそういうアドバイスしないでしょう。普通の経営者と同じように接してください」

澤木はできるだけ怒りを表に出さぬよう言葉を選んだ。

「悪いが、君が思う以上に普通に接してるよ。『ローヤル』の経営は決して順調じゃない。日銭があるからそういう風には感じられないかもしれないけど、リース会社への支払いを今のまま続けて行くと、どう考えても経営は困難になっていくんだ。法人っていったって、実質は個人経営なんだよ。幸田喜一郎の名前があってこその返済減額なんだ。経営者が赤の他人に替わっても適用される免除じゃない。今後も経営を続けることが担保なんだよ。あなたが引き継ぐしか、リース会社の信用を継続させる方法がないことくらい分かるでしょう」

「そこは、澤木先生がついていれば、ということにはなりませんか」

節子が言い終わるか終わらぬかというところで、澤木は思わず怒鳴った。

「何がしたい」

今ここで商売を手放して、幸田節子は何がしたいのか。少なくとも今後のことを真剣に考えているようには見えなかった。節子が涼しい顔で言い放った。

「重荷なんです。それだけです」

それだけですか、と澤木が問う。そうだ、と節子が返す。何がそれほど重荷なのかを聞かないまま、納得するわけにはいかなかった。

真横からオレンジ色の西日に照らされると、事務所自体が発光しているように見える。これほど明るいのに、自分が見たいものはなにひとつ見えてこなかった。

「先生、ドライブしませんか」

不意に問われ一瞬顔を上げたものの、澤木の視線は再び机の上に置かれたビジネスバッグへと落ちた。刺々《とげとげ》しい気配は薄らぐことなく、納得からはほど遠い。こんな説得を、何時間したところで幸田節子にやる気がなければ、応援のしようもないことだった。節子がもう一度言った。

「ドライブしましょう」

節子は、付き合って欲しいところがあると言った。

「どこに行きたいの。僕はこの無理難題をどうしようかずっと考えたい心境だけど」

「厚岸に行きたいんです」

澤木は海岸に沿って街の東へと抜けた。事務所を出たときは明るさを残していた水平線も、空との境界がなくなっていた。歩道が狭まって行き、やがて道の脇《わき》が白線と路肩になった。

「シーサイドラインから行くの」

「そうしましょう、対向車も少ないし」

厚岸まで三十八キロという標識を過ぎ、道の両脇は林に変わった。数分に一度、道路を厚く横切る霧の帯を抜ける。澤木は時速七十キロのペースで走った。峠で減速しても四十分もあれば厚岸に出る。

道の両脇が急な斜面になった場所で、左側から何か飛び出してきた。澤木はブレーキを踏んだ。シートベルトがロックされ、肩に食い込む。ヘッドライトの先に、一匹の雌鹿《めすじか》がいた。赤く光る目をこちらに向けたあと、雌鹿は瞬《また》く間に右側の斜面を駆け上がった。鹿が見えなくなっても車を出さずにいると、節子がどうしたのかと訊《たず》ねた。

「一頭とは限らないだろう。子鹿か、つがいの雄鹿か。鹿だって一頭きりでこんな時間に歩くのは物騒だろうさ」

言い終わらないうちに左の斜面から子鹿が姿を現した。母鹿ほどの脚力がないのか、ライトが怖いのか、おずおずと道路に出てくると、斜面で待っている母鹿と停車した車の両方を見比べながら立ち止まっている。澤木がライトをスモールランプにした。

子鹿は一度跳ねたあと道路を横断し、勢いをつけて母鹿の待つ斜面を上り始めた。

澤木は急カーブが連続する登り口でスピードを落とした。喜一郎が事故を起こした土留めのあるカーブをゆっくりと回る。計器類に照らされた節子の眼は闇《やみ》に向かって開かれていた。

「今日、愛場先生とお話ししてきました。幸田の病状のこと」

「愛場は何て言ったの」

「ああいった状態だけれど、保《も》って三か月だそうです。この状態で生かしておくどんな意味があるのか訊《き》いてみたけど、答えてくれませんでした」

「それでもホテルは宇都木さんに譲渡するのか」

会話には出口がなかった。車は国道四四号線へと出て尾幌《おぼろ》を通り過ぎた。あと十五キロほどで市街地に入る。

「先生、このあいだ電話をもらったときの海岸に寄っちゃ駄目ですか」

「どうぞ。ドライブなんだから、好きなところで停めますよ」

節子の案内で、澤木は浜に近い道路脇に車を停めた。車から降りると、潮風は既に秋の気配を漂わせていた。浜に下りてみるが、街灯が届く範囲はほんの三十メートルだ。節子の足下を気にしながら明かりの途切れるあたりまで歩いた。引き潮なのか、波の音が遠い。節子が海に向き直った。星々が、凪《な》いだ海に光を落としている。波音に紛れて言ってみる。己のしつこさにうんざりしながら、それでも節子を説得するのが今日の自分の役目だと信じていた。

「重荷かもしれないけど、もう少し頑張ることはできないの」

電話で話したときによぎった暗い予感を振り払う。ふたりのあいだを波音が通り過ぎて行った。節子は黙って海を見ていた。大きな湾になっているせいなのか、強い波が砂を巻き上げている釧路の海とは違い、男波も女波も優しく軽い。俺にこれ以上言わせないでほしい、という言葉を男波がかき消した。

「先生、ちょっと実家に寄りたいんですけど、いいですか」

澤木はこの重苦しい時間がひとまず終わることにほっとして、頷《うなず》いた。節子はパンプスの中に入りこんだ砂を落とし、助手席に乗り込んだ。

街の灯りが揺れている。澤木は節子の指示を受けながら数回ハンドルを切った。五分も行くと小さな繁華街に着いた。バーやスナックが両側に十店ずつ軒を連ねている小路だが、看板に灯りが点《つ》いているのは両端の二店舗しかない。小路のほぼ真ん中に『バビアナ』はあった。

店の壁ぎりぎりの場所に車を停めた。車から一緒に降りるのをためらっていると、節子が運転席側の窓をノックして澤木を誘った。木製のドアを引いて店内に入ると、湿気《しけ》った壁からしみ出す煙草《たばこ》や排水溝から上がってくる下水のにおいが充満していた。節子がカウンターの端にある壁のスイッチを押す。天井に三つある電灯のうちふたつが切れており、暗い木目調の壁紙に吸収された灯りは、足下まで照らしてはくれなかった。

「時化《しけ》のときも海から戻ったときも、漁師たちがここで大騒ぎするの。生まれたときからずっとだから、私、カラオケとどんちゃん騒ぎのなかでもぐっすり眠れるんです。高校に入った年に釧路で下宿生活を始めたんだけど、あんまり静かでしばらく眠れなかったな」

澤木は薄暗がりのなかで、節子がここで暮らしていた頃の話を聞いた。

中学入学後すぐ、節子がカウンターで接客していることを聞きつけた担任が止《や》めさせるよう説得にやってきたが、母親はその男性教諭を見事に丸め込んだという。節子がいないときに来たということは、わずかでも下心があったのだろう。

澤木は笑った。節子の様子も突き抜けて明るくふざけているようにしか見えなかった。

「うちの母は、女としては面白い人だったんじゃないかな。嘘《うそ》つきでわがままで、男にとっては可愛《かわい》い人だったかもしれない。幸田も、たぶんそこが憎めなくて付き合ってたんでしょう」

「幸田さんとお母さんって、そういう仲だったの」

節子が頷いた。澤木は、節子が母親の愛人と結婚するという生き方を選んだのも自分の不甲斐《ふがい》なさが原因であったような気がして、コットンパンツのポケットに両手を入れて下を向いた。せめて節子が母親似ではないことを祈った。

「だけど、悪くなかったと思うの」

「何が」

「結婚生活。金と暇をやるから好きに生きてみろって、幸田はそう言ってプロポーズしたんです。好きだの嫌いだのってことは一切言わない。こっちは楽でしたよ。気持ちを試されることもなければ、見返りも要求されない。あの人、女はみんな自分を好きになると信じてたみたいだった。怖いくらい自信家で、底抜けの楽天家です」

「金と暇のある生活、悪くはないだろうな」

澤木は「楽しかったか」と訊ねた。節子は答える代わりにカウンター奥の暖簾《のれん》をくぐった。澤木も後に続いた。室内は酸味を帯びた皮脂や古い油のにおいがした。ここで送られていた生活の何もかもが発酵していて、別のものに変化している。そういうにおいだった。

蛍光灯のスイッチ紐《ひも》を引っ張ると、何度か瞬《また》いてから灯りが点いた。じわじわと明るさを増してゆく部屋で、節子が微笑《ほほえ》んでいた。澤木は居住者が不在の家に漂う寄辺なさに戸惑いつつも、古い家屋に漂う何ともいえない異臭に閉口した。節子が「閉めきってると駄目ね」と言いながら床にあった室内用消臭スプレーを手にした。人工的なにおいが漂ったのもほんのわずかで、すぐにまた異臭が舞い戻った。

室内を見回すのは失礼な気がして黙ってつま先を見つめていると、節子が「ちょっと待って」と言いながら、寝室部分の押し入れを開けた。下段の段ボールをふたつ抜き、更にその奥から和歌山蜜柑《みかん》の段ボールを引きずり出す。

「あった」

澤木は節子の方へと歩み寄った。段ボールには細いサインペンで「節子」と書かれていた。ふたを開けると、いちばん上にアルバムがあった。その下は賞状用の筒と小さな楯《たて》が詰め込まれている。節子がアルバムを手にして立ち上がった。

「これが見たかったんです。付き合わせてごめんなさい」

澤木はアルバムを開く節子の横顔を見て、ほっとしていた。ここにいる理由が分かれば、得体の知れない不安も薄れてゆく。

「中学までのアルバムなんです。今朝、金庫から梢のアルバムが出てきて、彼女の部屋に置いてきました。そのときに思い出して」

「梢さんと連絡は取れたの」

「しつこく鳴らして、何とか。元気そうでした。たまに部屋に戻ってるみたい。叔母さんのところにいたって言ってました。バランスの悪い子だけど、二十歳そこそこで何か悟られても気持ち悪いですよね」

「三十過ぎたって四十過ぎたって、バランスの悪いやつは悪いままだよ」

澤木の脳裏を石黒加奈の顔がよぎった。

節子が開いたアルバムは、中ほどのページで終わっていた。中学の卒業式でのスナップらしい。二枚あるうちの一枚はカメラに気付いていない無防備な横顔で、もう一枚は気付いたあとの笑顔だった。澤木がアルバムをのぞき込んだ。

「笑った顔って、これ一枚しかないんですよ。生まれたときからずっとしかめ面《つら》だったみたい」

「節ちゃんは、よく笑う人でしょう」

店のドアが開く気配がした。

「律子ちゃん、帰ってるの?」

節子はアルバムを澤木に持たせ、店へと出て行った。

アルバムをめくってみた。最初のページに、赤ん坊を抱いた女の写真があった。写真の下に癖のある文字で「節子誕生」と書かれている。似ているような気もするが、節子よりずっと幼い顔立ちに見えた。母親が写っている写真はその一枚きりだった。

澤木の迷いはふつりと切れた。たった一枚しかないという笑顔の節子を急いでジャケットの胸ポケットに滑り込ませた。いつか笑って白状したかった。あのときはどうしても欲しかったのだ、と。

澤木はアルバムを段ボールに戻し、節子の後を追って短い廊下に出た。が、足下より暖簾の向こうに気を取られ、途中で左足の小指を打った。強い痛みに思わずかがみ込む。足下にあったのは、ガソリンの缶だった。「十リットル」の文字が目に入る。部屋に入るときは気付かなかった。どうしてここにこんなものがと思ったのも一瞬、すぐに店の方へと意識が向き、立ち上がった。

暖簾の隙間《すきま》から覗《のぞ》くと、小花模様のかっぽう着姿の女がいた。かなり年配だが、家庭の主婦という感じではない。この小路に店を出しているひとのようだった。節子はこちらに背を向けている。

「節ちゃんだったのかい。お寺の奥さんに聞いたよ。大変だったねぇ。律子ちゃん、帰ってきてるのかい」

節子が首を横に振った。

「なんだ、まだふらふらほっつき歩いてるのかい。帰ってきたら私が言っておいてやるよ。あんたちっちゃい頃からいっつも律子ちゃんの言うこと聞いてばっかりで。もういい大人なんだから、ああいう親のやることをまるごと許しちゃいけないよ。しかし因果ってのは何だねぇ、あんたもわざわざ母親の相手なんかと」

暖簾から現れた澤木に気付いて、女将の言葉が途切れた。誰なのかと節子に目で問うている。節子は商売でお世話になっているひとだと言って澤木を紹介した。好奇を含んだ眼差《まなざ》しでふたりを見比べたあと、女将はそそくさと店を出て行った。

母親はどこに行ってるのかと訊ねた。節子は答えず澤木の横をすり抜けた。茶の間の蛍光灯を消して戻ってきた節子が、明るい声で言った。

「帰りましょうか」

澤木は無言で『バビアナ』を出た。一分ほど遅れて、彼女も助手席に戻ってきた。

*

「切れたことなんか、一度もなかったさ。ずっと続いてたんだよ。パパさんが本当に惚《ほ》れてたのは私さ。何度言ったら分かるんだ、この馬鹿女《ばか》」

「もう一度言って。お父さんと続いてたって、もう一度言ってみてよ」

律子が逆上した娘を見たのは、それが初めてだったろう。幼い頃から母親に向かって大声を出したことなどなかった。娘の言葉に応《こた》えた律子は、そんなことにも気付かぬ顔で高らかな笑い声を張り上げた。

「続いてた。ずっとずっと。パパさんにとってお前なんかただの遊び道具だったんだよ。金の匂《にお》いにほいほいついてきた、しょんべん臭いガキさ」

怒りに震えて母を突き飛ばした。律子の体がバランスを失い、棒倒しの棒のように直立のまま真後ろに倒れてゆくのを見た。律子の背後にあった戸棚がけたたましい音を立てた。上下に段差のある古い戸棚の、下段の角が母の後頭部に穴を空けた。

後のことは断片的にしか覚えていない。

あの日、ベッドから毛布を一枚引っ張り出して律子を包んだ。茶の間の床板を剥《は》ぐと、苔だらけの地面が現れた。節子はそこへ毛布を転がした。包み方が甘くて飛び出してしまった手足。急いでマグカップを洗った。

あの日、自分も母と同じ骸《むくろ》になったのだ――。

節子は運転席の澤木を見た。視線に気付いた唇がわずかに持ち上がる。小路の出口で、車は左にウインカーを出した。根室方面からやってきたトラックが目の前を通り過ぎる。左右を確認する澤木と目が合った。節子は、車が本線に出たところで叫んだ。

「ちょっと待って。ごめんなさい先生、忘れ物をしたみたい」

＊

澤木はブレーキを踏んだ。車はつんのめりながら路肩に停まった。

「この小路、一方通行だ。ブロックをひとまわりすれば大丈夫。ちょっと待って」

「走った方が早いと思う。先生はここで待っててください」

節子が助手席のドアから飛び出し駆けだした。藤色のサマーセーターに黒いスラックスの後ろ姿は、すぐに小路の角を曲がり見えなくなった。

澤木は行き違いになってはと、そこから動かぬことに決めた。車内にはハザードの規則的な音が響いていた。時計のデジタル表示を眺めている五分間は、ため息が出るほど長く感じられた。

節子はなかなか戻らなかった。一体何を忘れたのか想像も尽きた頃、爆発音を聞いた。澤木は体を捻《ひね》り、小路の方を見た。すぐに角から客と思《おぼ》しき男が飛び出してきた。続いて先ほど『バビアナ』で節子と話していた女将も現れた。

澤木は車のエンジンを切り、運転席を出た。

『すずらん銀座』のアーチの下にさしかかったとき、消防車、と叫びながら走ってきた女将とぶつかりそうになった。小路の中央付近で男がひとり立ちつくしている。『バビアナ』のドアの隙間《すきま》から、濃い灰色の煙が噴き出していた。

走っているつもりなのに、少しも前に進んでいる感じがしなかった。トタン屋根との壁の隙間から噴いていた黒煙に炎が混じり始めた。ついさっきまでひっそりとしていた小路に、人が集まってくる。澤木は足をもつれさせながら炎に向かって走った。もう少しというところで、誰かが澤木の腕を摑《つか》んだ。後ろに引きずられるようにして炎から遠ざかる。

火柱が両隣の店舗を呑み込む頃、ようやく消防車のサイレンが聞こえてきた。

終章

　都築は午後三時ちょうどに事務所に現れた。玄関先で黒いコートを脱ぎながら、突然の訪問を何度も詫《わ》びている。実は休暇中でして、と彼は言った。

「年内最後の休暇に、家出人捜しですよ」

　澤木はスリッパを差し出し、厭味《いやみ》のつもりで「それは大変ですね」と言った。都築は礼を言いながらスリッパからかかとをはみ出させたまま一歩進み、事務所内を見回した。

「ここが仕事場ですか。ご自宅はどちらですか」

「この奥です」

　澤木が指し示したドアに視線を留めて、都築が「ほう」と頷《うなず》いた。ひとり暮らしかと訊《き》くので、そうだと答える。

「幸田節子さんのご主人が亡《な》くなられたとか」

「昨日の早朝でした。午前中に火葬したばかりです」

都築はずいぶん早い葬儀だと言って首を傾《かし》げた。澤木は昨日の朝、宇都木とし子に言われたことをそのまま彼に伝えた。

「現金商売、風俗営業ってのはなるほど、いろいろと厄介な問題を抱えているもんなんですね」

四か月前に事情聴取をされたときは、じっくりと刑事の顔を見る余裕などなかった。浅黒い顔に白髪混じりの頭髪、濃い眉《まゆ》、目は象のように小さく感情を漏らさない。年齢は五十を少し過ぎたくらいだろうと思った。

事務所の隅にあるソファーを勧めた。場所を取るという理由で何度も木田聡子に「捨てましょう」と言われている。先代の書斎にあったのだが、事務所に移した段階で廃棄を決めていたはずが、どういうわけか十年同じ場所にある。

机の上の書類を片付けずに弁当を食べるため、そこは長く節子の昼食場所として使われていた。食べたあとすぐに仕事に戻ることができるから、と彼女は言った。合理的だが、仕事を急《せ》かされているような気分になったことを覚えている。余裕のない女だ、と最初は思った。半年経《た》つ頃にはその感想が間違いであったことに気付いた。古い流れは節子によって一新され、すこぶる能率が良くなっていた。

ソファーに腰を下ろした都築から机ふたつ分の距離を置いて、自分の席に座った。声が届かないほど離れているわけではないが、これから面倒な話をするような近さでもなかった。四か月ぶりですかね、と都築が言った。木田がお茶を淹《い》れて都築の前にある木製の小テーブルの上に置いた。刑事は丁寧に礼を言うと、澤木に向き直り『すずらん銀座』の端にある『たけなか』を覚えているかと訊《たず》ねた。澤木と一緒に、『バビアナ』で焼け死んだのは節子だと証言した女将《おかみ》の店だった。覚えていると答えると、都築の声が低くなった。

「彼女がね、いつまで経っても母親が戻ってこないって言うんですよ」

「誰のですか」

「亡くなった幸田節子さんの実母です。藤島律子というんですがね。『たけなか』の女将が、こんなに長く厚岸を離れるわけがないって。捜してくれといってきかないんですよ。律子が懇意にしていたお寺の奥さんからも話を聞きました。律子は幸田喜一郎さんの事故があった翌日に厚岸駅で目撃されて、その後釧路の市民病院に現れたのを最後に、足取りが分からないんです。連絡も取れていません。事情を知ってるはずの娘はあんなことになりましたし」

「僕は何のお役にも立てないですよ。そもそも彼女の母親とは面識がないんだ」

都築は余裕のある笑みを浮かべたまま、澤木の言葉尻《じり》をとらえた。

「でも、その娘とは親密な交際があったでしょう」

「彼女はもういないし、そんなことをほじくり返されたくないです」

「でしょうね。あのときの澤木さんのことは、私もよく覚えています。気の毒としか言いようがなかった。今もその気持ちは変わりませんよ」

嫌な沈黙が訪れた。澤木は机の上にあった新聞を引き寄せた。クリスマス前の大雪、道東の交通網は大打撃という記事に視線を落とす。窓の外には除雪でできた雪山が人の背丈ほどになっていた。紙面の「ホワイトクリスマス」という小見出しは白抜きだ。

「幸田節子さんがこちらにお勤めだったのは、いつからいつまでですか」

「短大を卒業してすぐにうちに来て、五年です。履歴書が残っていますから、どうぞご覧になってください」

こんなものを見せたところで何が浮かび上がることもないと思い、古いファイルを取り出した。都築は節子の履歴書を受け取ったが、これくらいのことは調査済みだと言わんばかりの早さで、ざっと目を通し返して寄こした。

「厚岸にいたのは中学まで。釧路の江南高校に進学しているってことは、けっこうな勉強家だったということですね」

「仕事のできる事務員でした。ずぶの素人《しろうと》で入ってきて、一年経たないうちに仕事の流れをすべて摑《つか》んでいましたよ。ソロバンは段持ち、電卓より暗算のほうが速い。履歴書にも書いてあるでしょう」

「でも、勤めて五年後に彼女はあなたではなく、顧客の幸田喜一郎と結婚した。両方と関係を持ちながら、です。これは私らの年代の男からみたら、冗談じゃない話ですよ。よく彼女をお許しになりましたね」

「僕が結婚に向いていなかっただけです。この話、正直言うと不愉快です」

都築は「失礼しました」と言って二、三度大きな手で首の後ろを揉《も》んだ。節子の母親の行方を追っているというのに、質問は自分たちのことばかりだ。一体どこまで調べてからやってきたのか、休暇中の刑事の目的が何なのかを、懸命にその表情から探ろうと努めた。木田は何も聞こえていない素振りで、事務所用の年賀状の宛名《あてな》書きをしている。筆ペンを見事に操る達筆は、いつもクライアントから褒められていた。

「幸田喜一郎はもともと、節子の母親、藤島律子の相手だったんです。愛人の娘と結婚するなんてねぇ。男としては羨《うらや》ましがらないといかんところですかね」

都築は、自分の趣味ではないが、と付け加えて澤木の顔に視線を留めた。木田聡子に遠慮するつもりはなさそうだ。

「それは彼女があんなことになった日に聞きました。驚きましたけど、世の中にはそういうこともあるんだなと思っただけです。周りから好奇の目で見られることは覚悟の上だったんでしょう、幸田さんも節子さんも」

都築がすかさず「そうそう、そこなんですよ。その覚悟」と言って右手を肩先で振って見せた。

「夏のあいだに分かっていたことなんですが、放火に使われたガソリン、あれは幸田節子が厚岸のスタンドで用意したものなんです。幸田喜一郎さんが事故に遭われた翌日の、昼時です。店員がちゃんと覚えてましたよ。話によると最初は歩いて青い十八リットル入りのポリタンクを持ってきたっていうんです。車がガス欠だと言ってね。でも、ガソリンは揮発性が高いからそれに入れて売ることはできないって言ったら、専用缶で買って行ったそうです。専用車で入れに行きますよという店員の申し出を断って、節子は十リットルのガソリンを買った。けっこうな値段がするもんですね、専用缶というのは」

都築が何を言いたいのか分かるまで、黙ってこの男の言うことを聞くことにした。澤木が何かひとこと漏らせばすぐさま穴を見つけ、そこをこじ開けてきそうな気配だった。

「藤島律子と最後まで行動を共にしていたのは、娘の節子だったんじゃないでしょうかね」

「何が言いたいんですか」

「藤島律子と幸田節子は、姉妹と間違われるくらいよく似ていたそうです。背格好も、B型という血液型も」

都築が深く息を吸った。澤木は自分が呼吸を止めていることに気付いた。

「あの火事で出てきた遺体は、藤島律子の方だったんじゃないかと思ってます。この説、先生にとっては朗報じゃないですか」

澤木は必死で『バビアナ』の奥にあった茶の間の記憶を掘り起こした。例えようのない悪臭、ガソリン缶、『たけなか』の女将の言葉。帰ってこない母親。

「幸田節子の遺骨は、今どちらにあるんでしょうか」

都築の目がいっそう細くなった。澤木はゆっくりと瞬《まばた》きをして答えた。

「砕いて厚岸の海に散骨しました。ずいぶん迷いましたけど」

「散骨、ですか」

「ええ。彼女の希望でしたから」

都築はいつそんな話をしたのかと訊ねた。澤木は厚岸の浜にいると言った節子の言葉を思い出しながら、火災の直前に砂浜でと嘘《うそ》をついた。

「冗談みたいに言ったひとことを、なんで実行する気になったのか。僕自身も不思議です」

「たったひとりの身内である、母親にも断らずにですか」

「娘が死んでも出てこない、連絡も取れないような母親ですよ」

都築が低く唸《うな》りながら口元を歪《ゆが》めた。

「もし幸田節子の写真をお持ちでしたら、お貸し願えないでしょうか。実家は焼けていますし、厚岸にも友人知人の極端に少ない女でしてね。釧路で所属していた短歌会のアルバムを見ても、横顔だったり顔半分が隠れていたりと、まともなものはほとんど残ってないんです。あまり人気があったとは言えない存在だったようで。今日お伺いしたのも、実はそういうお願いがあってのことでした。できるだけ最近の顔写真があると助かるんですが」

歌集に挟んである二枚の写真を思い浮かべた。都築の仮説は、節子が生きているという結論と同時に、母親の死に彼女が深く関わっているということと直結していた。澤木は机の引き出しに視線を向けぬよう、目を瞑《つむ》った。

「どうかしましたか」

都築の声で目を開く。

「休暇まで利用して、大変なことだなと思って」

「駆け足ですよ、何もかも。何せ『たけなか』の女将には若い頃から頭が上がらないもんで。昨日と今日で、全速力で調べてようやく先生を訪ねるだけの用意が整ったというわけです」

「僕が後回しになったのは、なぜですか」

都築はわずかに首を傾げて、ファイルの棚に視線を泳がせた。

「後回しというのは的確じゃない。重要人物だと、私自身が判断した結果ということですよ。ある程度の材料を提示しないと、あなたからは何も引き出せない。そのくらいに、今も澤木さんは幸田節子に近い存在なんです」

「残念ですが、僕はあの火事で節子を失ったと思っています。写真を撮る趣味もないし、彼女が僕に残したものなんて、歌集一冊きりですよ」

「その歌集、見せていただけますか」

すかさず放たれた言葉に、つい机の引き出しを見てしまった。しまったと思ったときはすでに遅く、刑事の視線も同じ場所に注がれていた。澤木は私物用の引き出しから歌集を持ち上げ、表紙と目次のあいだに挟んでいた写真をそっと引き出しの中に滑り落とした。写真は奥にあった小物入れにぶつかり小さくはね返った。小物入れの中に入っているのは、砕かずにおいた骨の一部だった。すべて海に還《かえ》すつもりで砕き始めたくせに、あの日「母親が現れたら渡す」といういいわけを自分に許した。薄い皮膚の向こうにあった緩やかな曲線。鎖骨の半分。

歌集を手渡す際に、都築が言った。

「何か、挟まってましたか」

「たいしたものじゃありません」

「写真、とか」

ただの勘ですけれど、と言い足した都築の目は更に穏やかになった。澤木は吐き出すように言った。

「写真なら、この歌集を出したときに新聞取材を受けています。おそらくそれがいちばん最近のものでしょう。もしも生きているのが見つかったら、僕にくらい連絡をくれと伝えてください」

「取材はいつのことですか」

「七月だったと思います」

都築は胸ポケットから取り出した手帳に新聞社と歌集のタイトルを書き込みながら、

何度か頷《うなず》いた。

机の上に放ってあった澤木の携帯が鳴り始めた。クライアントであることを祈りながら着信画面を見る。梢からだった。都築が歌集のページを捲《めく》り始めた。澤木は三度目のコールで通話ボタンを押した。

「先生、パパのこと、本当なの」

声が震えている。何度電話しても出なかったのは君じゃないか、という言葉を飲み込んだ。

「誰から聞いたの」

「加奈叔母さんから。すごく怒られた。もう叔母さんのところに出入りするのも止《や》めなさいって言われた」

「誰かに怒られるってことは、悪いことじゃない。そこで反省すれば、あの人ならちゃんと許してくれるよ」

「パパはもうお骨になっちゃったの?」

「午前中に宇都木さんとふたりで火葬場に行ってきた。お骨は彼女が持っていてくれてる。お寺にもお墓にも入れないつもりだって。ずっと持っててくれるって言ってたよ。本当は君の仕事だと僕は思うけどね。今回会社を譲渡するにあたって財産管理を任されたけど、借金と相殺《そうさい》になる部分が多くてほとんど個人資産はなかったんだ。保険金についてはこれから手続きを始める。僕からの連絡はちゃんと受けてくれるとありがたいな」

携帯の向こうで、梢が泣いていた。何の同情も湧《わ》いてこなかった。使途不明金が一千万あったことは誰にも言えない。いつ誰の懐《ふところ》に入ったものか、帳簿上分からないようにするのが精一杯だった。

石黒加奈が梢を叱《しか》ってくれたのはありがたかった。加奈とは、厚岸の火災から二か月後、十月の終わりに一度肌を重ねた。快楽もそのとき欲しかった体温も充分得たはずなのに、二度目がないことを感じてそのままになっている。

「いつか生活も気持ちも落ち着いた君が、娘としてちゃんと幸田さんの供養《くよう》をできる日が来ることを祈ってるよ。宇都木さんには、そのときにお願いに行こう。それでいいね」

梢が短く「はい」と返した。澤木は何を言ってももう始まらないのだから、お互い少しでも前向きに考えようと諭して通話を終えた。歌集を閉じた刑事の視線が机に戻された携帯に注がれていた。

「失礼ですが、どちらからですか」

「幸田喜一郎さんの娘です。父親が死んだという連絡をしようにも、携帯に出なかった。叔母さんに怒られて連絡をくれたようです」

「叔母とは、どちらのですか」

「幸田さんと別れた先妻の妹です」

「幸田家のこと、ずいぶんお詳しいようですね」

「彼が事故に遭ったあと、節子さんから行方不明の娘を捜してくれと頼まれたので。今の子ですよ」

「念のため、そのお嬢さんと叔母さんの名前と連絡先を教えてくださいませんか」

澤木は『コーポラスたちばな』の場所と『しずく』の電話番号を書いたメモを都築に渡した。

「ご協力ありがとうございます。助かります」

「この捜査、刑事さんとしてのお仕事じゃあないんですよね。僕は『たけなか』の女将に頼まれてやっていることだというように理解しているんですが」

都築の小さな目がわずかに光を帯びた。

「これから、『ローヤル』に行ってみるつもりです。今の社長に会って訊《き》きたいこともありますし。休みは今日までなんで、私も大急ぎですよ」

都築は受け取ったメモを胸ポケットに仕舞うと、ソファーから腰を上げた。重そうなコートを着込んで事務所から出て行く際、深々と頭を下げて言った。

「歌集、なかなか興味深い内容でした。澤木さんにはまた、ご協力をお願いすることもあると思います。そのときはよろしく」

澤木は大人げない態度は承知の上で、ぞんざいに返した。

木田は湯飲みの始末を終えたあと、都築の去った玄関先に、澤木にかけた塩の残りを撒《ま》いた。

澤木は引き出しから、佐野倫子が送ってきた封筒を取り出した。文面を読み返し、電話番号まで書かれている意味を考える。佐野倫子、佐野、と何度も頭の中で繰り返してみた。靄《もや》のかかった記憶の底から、ゆらりとひとつの出来事が浮かび上がった。

節子が梢の部屋に女の子を監禁していたと、澤木が石黒加奈からの電話と新聞記事でまるごと信じてしまったあの事件。身代金《みのしろきん》誘拐の真相は少女の義父の狂言で、その男も事件発覚の前に自殺した。新聞で見た名前は確か「佐野」ではなかったか。

節子が黒いワンピース姿で現れた夜のことをひとつひとつ思い出してみる。彼女が残した足跡から事件のすべてを視界に入れることは困難だが、佐野倫子という女に会えば、と思った。澤木は自分に与えられた役割を目の前にして、ごくりと唾《つば》を飲み込んだ。

急いでタクシーを呼んだ。

「先生、どうかなさったんですか」

木田聡子が老眼鏡を外しながら訊《たず》ねた。澤木は大きく息を吸い込んだ。

「木田さん、頼みがあるんだ」

「就業時間内にできることでしたら、何でもどうぞ」

軽くあしらうように木田が応《こた》えた。澤木は左手の指を広げて、木田の方へぐいと押し出した。木田の視線が意味を問う。

「餅代《もちだい》、五万上乗せってのはどうですか」

木田はそれは一体どういうことで、と訊ねた。澤木が指差した壁の時計は三時四十分を指していた。

「これからスーパーおおぞらで帯広に行ってきます。今なら十二号に間に合いそうなんです。すぐに戻るつもりだけれど、帰りはもしかしたら今日の最終に間に合わないかもしれない」

木田が筆ペンを持ったまま、抑揚のない声で応えた。

「どちら様から電話があっても、先生は急にクライアントに呼び出されましたってことでいいですね。行き先は企業利益のため他言無用。気をつけてくださいよ。私はこの年末に職を失うのは真っ平ですからね」

澤木はストーブの近くに干してあったダウンジャケットに袖《そで》を通した。木田はそんな彼には構わず、再び年賀状の宛名書きを始めた。澤木が礼を言うと、木田はペンを走らせながら「はいはい」と返した。

タクシーの運転手に「駅まで」と告げた。傍らのビジネスバッグには、歌集と佐野倫子からの手紙が入っている。佐野倫子に電話するのは、帯広に着いてからと決めていた。いなければ帰るまで待つ。そのための餅代上乗せだ。木田聡子ならばうまくやるだろう。

駅に着くまでのあいだ、送られてきた写真を握りしめていた。節子が誰にむかってほほ笑んでいたのか、確かめなければならない。

ぎりぎりで午後四時十七分発のスーパーおおぞら十二号に飛び乗った。帯広には五時四十三分に着く予定だった。釧路から帯広までの百二十キロ。この雪道ならば多少の遅れはあっても鉄路の方が断然速い。

帯広駅に降り立ち、タクシーに乗り込んだ。封筒に書かれてある住所にたどり着くまでに三十分近くかかった。雪は釧路よりずっと深く、まだ降り止む様子はなさそうだった。

帯広市の西側に拓《ひら》けたマンション街の一角で、澤木はタクシーを降りた。八階建てのマンションの、最上階が佐野倫子の住所となっている。一階は歯科医院とパン屋、地下駐車場の入り口になっていた。電話番号を書いたメモを取り出し、ナンバーを打ち込んだ。

「はい、マミー・ベーカリーです」

軽やかな応答に、思わずメモと通話先の番号を見比べた。「佐野さんでは」と言いかけたとき、目の前にあるパン屋の看板が『マミー・ベーカリー』であることに気付いた。

「間違いだったらごめんなさい。そちら佐野倫子さんのお電話番号ではないでしょうか」

「はい、佐野です。すみません、お店に掛かってきた電話かと思いまして。失礼しました」

「澤木と申します。先日、幸田節子さんのお写真を送っていただいた釧路の澤木です。突然お電話などして申し訳ありません。お礼状を書くのもなんだか、と思って」

忙しいならばまたかけ直すと言うと、佐野倫子は「大丈夫です」と笑った。

「一週間前にパン屋を開店したんです。それまではとても慌《あわ》ただしかったんですけれど、開店した途端に暇になっちゃって」

屈託のない笑い声のあと、佐野倫子は連絡をいただけて嬉《うれ》しいです、と言った。澤木は意を決して、仕事で近くにきているのだが、と切り出してみた。

「突然で失礼とは思ったんですが。実はパン屋さんの看板が見えるところにおります」

寄ってもいいだろうか、と訊ねてみた。会えないと言われれば会えない理由があると思った。佐野倫子は澤木が拍子抜けするほど明るい声で言った。

「どうぞお越しください。小さなパン屋ですけど、イートインもできるようにしてあるんです。お待ちしています」

澤木は一抹の期待を持って『マミー・ベーカリー』に足を踏み入れた。

フランスパンと食パンがメイン、あとはパンというよりケーキに近い菓子パンが数種類並んでいる、こぢんまりとした店だった。ドアの内側で、澤木の背丈ほどもあるクリスマスツリーの電飾が点滅していた。

佐野倫子は白いセーターに黒のパンツ、胸元に店の名前が入ったクリーム色のエプロンとおそろいのバンダナ姿でレジに立っていた。

「本当にお近くまでいらしていたんですね」

バンダナで覆《おお》った髪は短いようだ。澤木は名刺を取り出し、倫子に渡した。

後から入ってきた仕事帰りらしき中年男性が、フランスパン一本と菓子パンを三種類注文した。倫子が店の奥にある喫茶スペースを示し、座って待っていて欲しいと言った。

ふたり用のテーブルが三セット、窓際《まどぎわ》に並んでいた。澤木はいちばん手前の椅子《いす》に腰掛け、店内を見回した。工房は、中が見えるようガラス張りになっている。中では職人がひとり、こちらに背を向けてゆっくりとした仕草で鍋《なべ》をかき混ぜていた。

「お待たせしました」

コーヒーと、チーズケーキをデニッシュ生地で縁取ったパンを載せたトレイが、テーブルに置かれた。

「これ、うちの目玉商品なんです。何とか春までに軌道に乗せたいと思うんですけど」

倫子が照れながらどうぞという仕草をした。澤木はありがたくコーヒーとパンに手を付けた。向かい側の席に座った倫子は終始笑顔だった。客商売向きなのかもしれないと思わせる厭味《いやみ》のない口元だ。

パンは見かけより甘みが抑えられており美味《うま》かった。コーヒーもひと癖ある苦みで、豆の良さが分かる。素直に感想を言うと、倫子の頬が持ち上がった。

「写真、ありがとうございます。実は最初、どうして僕にと思ったんです。節子さんが僕のことを誰かに話していたという想像ができなくて」

「彼女のこと、風の便りというよりうわさ話に近い状態でしたけれど、伺いました。しばらくは信じられなくて、私もどうしていいのか分からないでおりましたけど、最近ようやく落ち着いて考えられるようになったものですから。ぜひ澤木さんにと思ったんです」

「節子さんは、僕のこと何て」

おそるおそる訊ねた。倫子は視線をテーブルに落としたまま数秒黙り込んだ。澤木は辛抱強く倫子の言葉を待った。

「とても、大切に思っていたんじゃないでしょうか」

今度は澤木が黙る番だった。コーヒーがいっそう苦く感じられ、パンをひと切れ口に入れた。沈黙に耐えきれず、お子さんは、と訊ねた。

「今日は自宅におります。この建物の八階なんですが。主人の実家がすぐそばにあるなので、ときどきそちらにも泊まったりしています。実はこのマンションも舅《しゅうと》の持ち物なんです。花屋が撤退した店舗があるから、何かやってみないかと言われて。もう、一から生まれ変わるつもりで始めたんですよ」

夫を亡《な》くして四か月あまりでこんなにも前向きになれる佐野倫子という女に、ある種の生命力を感じている。澤木は夫が娘を虐待《ぎゃくたい》していたという記事を思い出した。

「あの職人さん、何を作ってるんですか」

工房を見ながら訊ねると、倫子は「ブルーベリージャムです」と答えた。バンダナに隠れた髪は倫子と同じくらい短いようだが、肩幅からみて女だろう。

彼女が言うように雪解けまでに軌道に乗せないと厳しい規模だった。ただ、舅に賃貸料の便宜を図ってもらっているとすれば、もう半年はしのげるかもしれない。

「澤木さんって、こういう小さなお店の経営相談にも乗っていただけるんですか」

「もちろん。経営全般、細かい収支決算、会計管理、経営指南までやります。事業主が自分可愛《かわい》さに直視できないところを切り崩すので、相性の問題は残りますけど。都会と違って仕事内容も分散化していないので、うちの事務所は何でも屋みたいなもんです」

窓の外では大粒の雪が降っていた。

「これから釧路まで、車でお帰りですか」

「いいえ、鉄路です。この雪ですから。峠に自信がないもので。今日は釧路も雪でしたよ。珍しい年末です」

「こちらに立ち寄っていただけたのは、写真の件だけだったんでしょうか」

倫子が目を細めて微笑《ほほえ》んだ。澤木は列車の中でさんざん考えた理由を口にした。

「もちろん、写真のお礼もありましたけれど。実は節子さんの遺骨を彼女の故郷の海に散骨したことをご報告したいと思ったものですから」

「彼女の故郷というと、厚岸でしたね」

澤木が頷《うなず》くと、倫子は「そうだったんですか」と言ったきり下を向いた。澤木は沈黙が訪れるたびに、ガラスの向こうでジャムを作っている職人の肩先を見ていた。

職人が店の方に向き直った。もしやと思っていたぶん、強い失望が澤木を襲った。節子ではなかった。目も鼻も口も、似ても似つかぬ別人である。何を期待していたのだろう。

長い沈黙をどうにかしなくては。澤木はバッグから佐野倫子が送ってきた写真を取り出し、いつ撮ったものかを訊ねた。

「さぁ」

倫子が眉《まゆ》を寄せ、首を傾《かし》げる。

「生前といっても、この表情は本当に亡くなる直前だとしか思えないんです。僕は二十歳の頃から彼女を知ってるけれど、幸田さんがあんなことになってから彼女、短期間でずいぶん痩《や》せたんです。正直あのころの節子さんとしか思えない」

「たぶん娘がカメラを悪戯《いたずら》していたときに撮ったものだと思うんです。古い使い捨てカメラなんですけど。何だろうと思って現像を頼んだら、節子さんが写ってたんです。私たちが引っ越す前に、弥生町の家に来てくださったときのものじゃないでしょうか」

ジャム作りが一段落したらしい。ガラスの向こうで職人が工房の後片付けを始めた。それに気付いた倫子が立ち上がった。倫子は工房の中にいる女と、明日の段取りについてやり取りしていた。澤木は腑《ふ》に落ちないものを胸に残しながら腕の時計を見た。

倫子が菓子パンとフランスパン、食パンと、店の商品をひと抱え袋に入れて戻ってきた。

「これ、売れ残りみたいで悪いんですけれど、どうぞ」

「いや、お支払いします。商売人はこういうことをしちゃいけないんです」

倫子はそれでは押し売りになると言って、頑として代金を受け取ろうとはしなかった。

「もし気に入ったら、うちの経営の相談に乗ってください。アドバイスいただけたら嬉しいです。これは澤木さんの顧客になることも考えてのサンプルと思ってください」

「分かりました。こっちに来たときはまた寄らせてもらいます。それから、これはお礼代わりと思って聞いてください。成功するには決して品数を増やさないことです。値段もむやみに下げない。とにかくこれだけは、という一品を持つこと。軌道に乗るか乗らないかは、おそらくそこにかかっています。愚直に一品を守るという商法もあるんです。欲を出したり焦《あせ》ったりしちゃいけない。商売って案外切り捨てることから始まるんですよ。最初が苦しい商売じゃないと、長くは続かないもんです。鳴り物入りの開店というのも善《よ》し悪《あ》しなんですよ」

「うちの職人さんいい腕なんです。まだ一週間ですから、私もめげずにがんばります」

「それなら、職人さんのお給料は絶対に守ってください。代わりがきかないところに厚く、が鉄則ですから」

いつの間にか工房の灯りが落ちていた。パン職人も帰り支度を始めたようだ。倫子はありきたりなアドバイスに丁寧な礼を言った。澤木はひとまず引き上げることに決め、『マミー・ベーカリー』を出た。

送られてきた写真に同情や親切心以外の意味はなかったと言われても、一度期待してしまった気持ちを簡単に捨て去ることができない。いい大人が何をやっているのかと嗤《わら》ってみるが、まだ胸が騒いでいた。

澤木は大粒の雪が降る住宅街を、大きな通りに向かって歩き始めた。角を曲がる前に一度、筋向かいの『マミー・ベーカリー』を振り返った。クリスマスツリーの電飾が通りまで明りを投げかけている。

風のない夜だった。大粒の雪が荒く撚《よ》った毛糸のように連なり地上へと降り注いでいた。澤木はしばらくその場に立ち、ツリーの点滅を眺めていた。何が自分の胸奥を騒がせているのか、雪の中で考える。髪の毛に積もった雪を払い落とし、ダウンジャケットのフードを被《かぶ》った。襟首に入り込んだ雪が溶けた。熱を持った頭の芯《しん》が冷え始めた。

『マミー・ベーカリー』から白いダウンコートの女が出てきた。リュックサックを背負っている。黄色い毛糸の帽子と揃《そろ》いのマフラーを首に巻いていた。工房の中にいたパン職人のようだ。続いてマンションから、スキーウェア姿の少女が飛び出してきた。

少女はパン職人の方へ走り寄ると、その手を摑《つか》んだ。職人が腰を低くしてひとことふたこと、少女と何か話している。

澤木は雪の中に佇《たたず》み、歩き出した彼女たちを見ていた。女の方はダウンコートの足下にムートンブーツを履いている。少女は赤いキルティングブーツだ。ふたりは手を繫《つな》いだまま道路を横断し、澤木の向かい側の歩道を歩き始めた。ブーツのくるぶしのあたりまで雪に埋もれながら黙々と歩いていた。澤木も数歩遅れてこちら側の歩道を歩き始めた。雪が流れるように落ちてくる。百メートルほど歩いたところで、彼女は少女の帽子に積もった雪を払い、フードを被せた。そして自分も同じようにフードを被った。

ふたりが右に曲がる。澤木も道を渡り、彼女たちの後ろをついて行った。人通りのない道を、四、五メートルの距離を保ちながら追う。確信めいたものはなにひとつなかった。都築の言葉が耳の奥で繰り返されている。

『一見何の関係もなさそうな人間が浮かんできたら、案外そこが台風の目だったりもするわけですよ』

見分ける方法はひとつしかなかった。澤木は黙々と歩き続ける後ろ姿に向かって叫んだ。

「節ちゃん」

聞こえぬはずはなかった。女は立ち止まらない。辺りには誰もいない。もう一度呼び止めた。少女が首だけで澤木を振り返る。ぞっとするような暗い目をしていた。女は歩調を変えずに雪を踏み続けていた。距離は開きも縮まりもしなかった。ひたすらふたりと同じ速度で歩いた。もう一度角を曲がる。澤木は、振り向かぬことが彼女の応《こた》えであると確信した。

心持ち歩幅を大きく取った。ふたつの背中が近くなる。

体温さえ思い出せそうな気がした。澤木は女の吐いた白い息を拾いながら追った。もう、名前を呼ぶ必要はなかった。

「幸田さんが死んだ」

女が足を止めた。

振り向いた少女が両手でしっかりと女の手を握りしめていた。暗い目が澤木を睨《にら》んでいる。一メートルの距離を縮めることができない。女の、ダウンコートのフードにも背中のリュックにも雪が降り積もっていた。

「幸田さんが、死んだんだ。昨日の朝早くに。今日、宇都木さんとふたりで火葬した」

女は振り向かなかった。じっと雪の下に佇んでいる。今触れたら、支えることができなくなる。何も考えず抱きしめてしまうに違いなかった。

「今日、刑事が来た。幸田節子の母親の行方を探してる。警察は八月の火事で死んだのが誰なのか疑ってる」

澤木の白い息は、女のダウンコートに届く前に消えた。

「節ちゃん」

喉《のど》の奥に自分を罵倒《ばとう》する言葉がせり上がってくる。悔しさと喜びと、生きることを捨てなかった節子への想《おも》いが、混じり合いながら体の隅々を熱い血になって巡り始めた。

少女が澤木に背を向け、女の手を引いた。

「節ちゃん、逃げてくれ」

擦《かす》れた声が女に届いたかどうか、自信はなかった。顔にあたった雪が溶けて頬を伝った。涙だと気付くまでに少しかかった。生きていてくれた。それだけで良かった。女は振り向かず、少女とふたり再び歩き始めた。澤木は追わなかった。繋がり落ちてくる雪が、幕となって彼女たちを霞《かす》ませて行く。

どこまでも逃げてくれ——。

祈りながら女の背を見送る澤木の目に、大きな人影が近づいてくるのが見えた。黒っぽいコートを着ている。子供に道を譲った黒い影と白いダウンコートが街灯の下ですれ違う。

近づいてくる男の顔から目を逸《そ》らすことができなかった。肩に雪を積もらせた男が澤木の三メートルほど手前で立ち止まった。男はすれ違ったふたりを振り返ったあと緩慢な仕草で向き直ると、軽く右手を挙げた。都築だ——。

目を閉じた。

斑《まだら》模様の骨も、砕いてしまえばただのざらついた粉だった。さんざん迷い、木田やとし子に反対されながらも節子の希望を叶《かな》えようと決意した。

あの日写真をポケットに入れたことへの密《ひそ》かな詫《わ》び。

遺骨はいっとき水面に散り、やがて打ち寄せる秋の波にのまれて消えた。波の記憶と机の引き出しに眠る鎖骨の欠片《かけら》が、眼裏《まなうら》ですれ違う。

ゆっくりと目蓋《まぶた》を開けた。

大粒の雪が、擦《こす》れあいもつれあいながら落ちてくる。

澤木は祈り続けた。

節子は生きている。生き続ける。

今夜、すべての舞台に幕が下りますように。
この雪が、すべてを白く染めますように。

解説

池上冬樹

桜木紫乃の第一作品集『氷平線』（二〇〇七年）を読んだとき、ほんとうに驚いた。収録されている六篇がすべて秀作とよべるほどの完成度と強度をもっていたからだ。新人の短篇集の場合、秀作が一、二作あれば上出来で、ほとんど水準作が並ぶのに、桜木紫乃は違っていた。これほど高水準の作品が揃《そろ》うのはとても珍しく、実に久々に興奮してしまった。

しかもめざましいのは、職業小説としての充実ぶりで、酪農家、和裁師、理容師、歯科医、税務署の署長と主人公を変え、職業を通して社会と他者を観察し、己が人生をみつめる。ときにその観察が自虐をよび、ときに箴言《しんげん》の形として吐露されるのもいい。また、小説のジャンルとしても青春小説、成長小説、恋愛小説、官能小説、ノワールと変化にとんでいるのも頼もしかった。

だがしかし、何よりも素晴らしいのは、作品の舞台となる北海道の季節と生活感が繊細に描かれ、それらが人物たちの内面を映す鏡となっていたことだろう。雨も、雪も、霧も、単なる風景としてではなく、人物たちが抱く孤独と不安と絶望を、より強く内面化する媒体になっていた。一つひとつの言葉が注意深く選ばれ、すべて心象風景を表すべく鋭く研がれている。だからこそ、渇いた心と体が重なり合う性描写が、とりわけ印象的だった。牛糞《ぎゅうふん》や魚の腐敗臭がただようなかでの淫靡《いんび》な交合や、冷たい剃刀《かみそり》が置かれた傍での熱い交歓が、奔放に、だがしかし煽情《せんじょう》とは無縁の醒《さ》めた視線でたんたんと捉《とら》えられていた。行き場のない男と女の孤立した思いが、刹那《せつな》的な欲望のなかで際立《きわだ》ち、何ともやるせないのである。もう惚《ほ》れ惚れとしてしまった。こんなにすごい新人がいたのかと心から驚き、一作でファンになってしまった。

『氷平線』のあとに、『風葬』（〇八年）『凍原』（〇九年）などのミステリ的な長篇を発表して新たな可能性を示して嬉《うれ》しくなったが、長篇よりはやはり短篇集、とくに第二作品集『恋肌』（〇九年）の完成度がまさる。酪農家の青年と中国人の花嫁が人生を模索する「恋肌」や運送会社の女事務員が二人の男との関係で行き詰まる「プリズム」などもよかったが、とりわけ元着付師が五年ぶりに元恋人の結婚相手の着付けをする「絹日和《きぬびより》」が見事だった。着付の仕事に復帰する話だが、過去の恋愛と夫との結婚生活、そして自らの人生への展望などを、着付の細々とした仕事を通して再確認する。つややかな文章が、仕事の一つひとつの手続きのなかから忘れていた彩《いろど》りやきらめきを掬《すく》いあげ、生のはなやぎをつかむ。その沈んだ叙情の美しさは桜木紫乃ならではのものだ。

静謐《せいひつ》な叙情が流れる一方で、「プリズム」では荒々しい生の断面も見せつけたけれど、その沈んだ静謐な叙情と、荒々しい生の断面とが長篇に結実したのが、本書『硝子の葦』（二〇一〇年）である。第一長篇『風葬』と第二長篇『凍原』は力作ではあるものの、まだミステリ的に甘さがあった（ただし『凍原』は小学館文庫収録時に『凍原　北海道警釧路《くしろ》方面本部刑事第一課・松崎比呂《ひろ》』として大幅加筆修正され、読み応《ごた》えのある作品に変貌《へんぼう》した）。しかしその甘さが、第三長篇の『硝子の葦』には微塵《みじん》もなかった。堂々たる風格をもつサスペンスで、大いに感心した。

まず、序章では、お盆のあけた日にスナックで火災が起きて、ひとりの女性が亡《な》くなる場面が描かれる。性別不明の損傷の激しい遺体だったが、幸田節子と見られた。釧路で会計事務所を経営している税理士の澤木と一緒に節子の実家に来ていたのだ。釧路に帰るときにいったん実家に戻り、そこで爆発火災が起きたのである。いったい何があったのか。事故なのか、自殺なのか。

物語は、八月二日に巻き戻されて、スタートする。その日、釧路でラブホテルを経営している節子の夫、幸田喜一郎が交通事故を起こして意識不明の重体におちいる。ドライブしがてら車のなかで大好きなクラシック音楽を聴くことが多かったが、自爆に近い形で土留めにぶつかった事故現場のシーサイドラインは、節子の実家近くだった。節子の母は、かつて喜一郎の愛人だった。節子と結婚したあとも、二人の関係が続いていたのか?

節子はそのころ、第一歌集『硝子の葦』を上梓《じょうし》して、地元マスコミや所属する短歌会で話題になっていた。やがて歌集の講評が縁で、会員の佐野倫子とまゆみ母子と関わり、倫子が娘を虐待しているのではないかと思うようになる。そこから日常が狂いだす。

三年半ぶりに読み返して、すぐに一つの事実に気がついた。節子の夫が経営するラブホテルの名前が「ホテルローヤル」なのである。第一四九回直木賞受賞作『ホテルローヤル』と関連があるのかと一瞬思ってしまうが、登場人物名は重ならないし、名前だけ同じなのである。もともと「ホテルローヤル」は、作者の父親が経営していた実在のホテルの名前であり、よほど作者は愛着があったのだろう。長篇と連作短篇で二回使用しているわけだ。

ホテルの名称もそうだが、本書がクライム・ノヴェルの性格をもつことも忘れていた。ある犯罪をめぐるサスペンスであることは覚えていたが、巻き込まれ型サスペンスのように記憶していた。結局僕は、節子と喜一郎と母親、あるいは節子と澤木の関係など、微妙にねじれていく恋愛関係の物語として捉えていたのである。それは狂言回しの澤木に感情移入していたからだろう。桜木紫乃は男女の肉体の交わりをしばしば〝繋《つな》がる〟と表現するが、それは桜木があるところで述べているように、〝繋がる〟と書いておきながら〝なにひとつ繋がり合えないことを確信する〟ための行為でしかないからである（それを詩的に捉えた第九章の最後が素晴らしい）。

でも、今回読み返していちばん魅力を感じたのは、節子の観察と行動である。継子《ままこ》になる梢の生活態度を注意する辛辣《しんらつ》さ、友人の幼い子供まゆみに向ける甘えのない対等な言葉のかけかた、ねたばらしになるので曖昧《あいまい》に書くが、友人との計画、冷静な実行、大胆な決意、そして男性との醒めた関係と内に秘めた感情の発露など、きりりとして潔《いさぎよ》い。冷徹で無駄口を叩《たた》かず、観察力で人を断定するあたりは、さながらハードボイルド・ヒロインのところもある。

というと誤解を招くかもしれない。タフでクールな、いかにもハードボイルド的な恰好《かっこう》をするヒーロー（ヒロイン）が少なくないからである。しかしそれらはほとんど役割ヒーローでしかない。クールな私立探偵、タフな刑事という鋳型《いがた》にはめただけの存在で、キャラクターから言葉が出ているというよりは、私立探偵または刑事という役柄から言葉が出ている。いわば言葉も行動もスタイルとしての定型を踏まえているだけで、独自性があるわけではない。厳しいことをいうなら、しばしば通俗的で粗雑である。何よりもそれらを描く作家の文体が甘すぎる。

ハードボイルドの源流をヘミングウェイに求めるのか、ハメットに求めるかによって異なるが、共通していえるのは徹底して省略をきかせた文体である。純文学では初期の丸山健二と立原正秋、小川国夫、ミステリでは結城昌治、河野典生、生島治郎、北方謙三などあげられるが、彼らは驚くほど強靱《きょうじん》な文体を作り上げている。それは本書の桜木紫乃にもいえる。

そもそも『硝子の葦』について桜木は「削《そ》ぎ落とす快感に目覚めた小説です」（単行本帯文より）と述べている。別の所では「削ることを覚えたのが『硝子の葦』という一冊だったんですけど、削って削って、ここまで削ってもまだお話になっている、ここも削っちゃえ、とかなり削りました」というのだ（引用はさくらんぼテレビ「小説家になりま専科」内「その人の素顔・桜木紫乃篇「自信もなくて明日もわからない。原稿がいつ活字になるかもわからない。それでも書き続けてきて、やっとお世話になった方にお礼を言うことができました」より。http://www.sakuranbo.co.jp/livres/index.html）。

それほど削ぎ落とされていながらも、一抹の叙情があるのは、人物たちの感情と台詞《せりふ》が行間からこぼれおちるからである。ぎりぎりのところで選ばれた台詞や表白が、節子の人生から出ていて、おのずとつややかに光ることになる。

また、右の引用文のところで、「文庫にするときにはさらに削って、ラストも書き変えました、ごめんなさい」とも語っているのだが、それは具体的にいうなら、終章の結びの言葉が書き換えられていることをさす。十二分に削ぎ落とされているがゆえに、澤木の思いがより静かに謳《うた》いあげられていて、切実な響きを醸《かも》しだして、単行本以上の効果を発揮している。

それにしても、あらため思うのは、これほどスリリングな物語であったかということである。こんなに結末までかるい昂奮《こうふん》を覚えるような作品であったかと驚く。結末のみならず細かく検証するなら、序章においても省筆と訂正があり、人物の思いが明確に浮き彫りにされている。テーマを読者に伝えることの精度をいちだんとあげているのだ。〝なにひとつ繋がり合えないことを確信する〟ための〝繋がる〟行為が切ないのである。澤木の、かりそめでも繋がりたかったという祈りにも似た思いが、そくそくとつたわってきて、読む者の胸をうつのである。

桜木紫乃は本書『硝子の葦』のあと、道東の開拓民として極貧の家で生まれ育った姉妹のすさまじい生涯を綴《つづ》る傑作『ラブレス』（二〇一一年）で島清《しませ》恋愛文学賞、そしてラブホテルの盛衰を廃墟《はいきょ》から誕生へと巻き戻して描く名作『ホテルローヤル』（二〇一三年）で直木賞を受賞することになる。振り返れば明らかに、『硝子の葦』が、桜木紫乃が飛躍する三段跳びジャンプの最初の跳び（ホップ）だったといえるだろう。ついでにいうなら、ややノワール的な味わいをもつ、書道家たちの嫉妬《しっと》と欲望を捉えた直木賞受賞第一作『無垢《むく》の領域』（同年）もきわめて完成度の高い作品である。中盤のひねりといい、終盤の劇的な展開と意外な真相といい、優れたサスペンスとしても読みごたえがある。本書『硝子の葦』が気にいったならば、ぜひ読まれるといいだろう。

（二〇一四年四月、文芸評論家）

この作品は二〇一〇年九月新潮社より刊行された。
文庫化にあたり改訂を行なった。

硝子《がらす》の葦《あし》

新潮文庫　さ－82－2

平成二十六年六月一日発行
平成二十七年十一月十日七刷

著者　桜《さくら》木《ぎ》紫《し》乃《の》

発行者　佐藤隆信
発行所　株式会社　新潮社
郵便番号　一六二―八七一一
東京都新宿区矢来町七一
電話　編集部(〇三)三二六六―五四四〇
　　　読者係(〇三)三二六六―五一一一
http://www.shinchosha.co.jp

価格はカバーに表示してあります。

乱丁・落丁本は、ご面倒ですが小社読者係宛ご送付ください。送料小社負担にてお取替えいたします。

印刷・株式会社光邦　製本・株式会社植木製本所

ISBN978-4-10-125482-1 C0193